ノルウェイの森（下）

第六章（承前）

夕食の光景は昨日とだいたい同じだった。雰囲気も話し声も人々の顔つきも昨日そのままで、メニューだけが違っていた。昨日無重力状態での胃液の分泌について話していた白衣の男が僕ら三人のテーブルに加わって、脳の大きさとその能力の相関関係についてずっと話をしていた。僕らは大豆のハンバーグ・ステーキというのを食べながら、ビスマルクやナポレオンの脳の容量についての話を聞かされていた。彼は皿をわきに押しやって、メモ用紙にボールペンで脳の絵を描いてくれた。そして何度も「いやちょっと違うな、これ」と言っては描きなおした。そして描き終ると大事そうにメモ用紙を白衣のポケットにしまい、ボールペンを胸のポケットにさした。胸のポケットにはボールペンが三本と鉛筆と定規が入っていた。そして食べ終ると「ここの冬はいいですよ。この次は是非冬にいらっしゃい」と昨日と同じことを言って去っていった。

「あの人は医者なんですか、それとも患者の方ですか？」と僕はレイコさんに訊いてみた。

「どっちだと思う？」

「どちらか全然見当がつかないですね。いずれにせよあまりまともには見えないけど」

「お医者よ。宮田先生っていうの」と直子が言った。

「でもあの人この近所じゃいちばん頭おかしいわよ。賭けてもいいけど」とレイコさんが言った。

「門番の大村さんだって相当狂ってるわよねえ」と直子が言った。

「うん、あの人狂ってる」とレイコさんがブロッコリーをフォークでつきさしながら肯いた。

「だって毎朝なんだかわけのわからないこと叫びながら無茶苦茶な体操してるもの。それから直子の入ってくる前に木下さんっていう経理の女の子がいて、この人はノイローゼで自殺未遂したし、徳島っていう看護人は去年アルコール中毒がひどくなってやめさせられたし」

「患者とスタッフを全部入れかえてもいいくらいですね」と僕は感心して言った。

「まったくそのとおり」とレイコさんはフォークをひらひらと振りながら言った。「あなたもだんだん世の中のしくみがわかってきたみたいじゃない」

「みたいですね」と僕は言った。

「私たちがまともな点は」とレイコさんは言った。「自分たちがまともじゃないってわかっていることよね」


部屋に戻って僕と直子は二人でトランプ遊びをし、そのあいだレイコさんはまたギターを抱えてバッハの練習をしていた。

「明日は何時に帰るの？」とレイコさんが手を休めて煙草に火をつけながら僕に訊いた。

「朝食を食べたら出ます。九時すぎにバスが来るし、それなら夕方のアルバイトをすっぽかさずにすむし」

「残念ねえ、もう少しゆっくりしていけばいいのに」

「そんなことしてたら、僕もずっとここにいついちゃいそうですよ」と僕は笑って言った。

「ま、そうね」とレイコさんは言った。それから直子に「そうだ、岡さんのところに行って葡萄もらってこなくっちゃ。すっかり忘れてた」と言った。

「一緒に行きましょうか？」と直子が言った。

「ねえ、ワタナベ君借りていっていいかしら？」

「いいわよ」

「じゃ、また二人で夜の散歩に行きましょう」とレイコさんは僕の手をとって言った。「昨日はもう少しってところまでだったから、今夜はきちんと最後までやっちゃいましょうね」

「いいわよ、どうぞお好きに」と直子はくすくす笑いながら言った。

風が冷たかったのでレイコさんはシャツの上に淡いブルーのカーディガンを着て両手をズボンのポケットにつっこんでいた。彼女は歩きながら空を見上げ、犬みたいにくんくんと匂いをかいだ。そして「雨の匂いがするわね」と言った。僕も同じように匂いをかいでみたが何の匂いもしなかった。空にはたしかに雲が多くなり、月もその背後に隠されてしまっていた。

「ここに長くいると空気の匂いでだいたいの天気はわかるのよ」とレイコさんは言った。

スタッフの住宅がある雑木林に入るとレイコさんはちょっと待っててくれと言って一人で一軒の家の前に行ってベルを押した。奥さんらしい女性が出てきてレイコさんと立ち話をし、クスクス笑いそれから中に入って今度は大きなビニール袋を持って出てきた。レイコさんは彼女にありがとう、おやすみなさいと言って僕の方に戻ってきた。

「ほら葡萄もらってきたわよ」とレイコさんはビニール袋の中を見せてくれた。袋の中にはずいぶん沢山の葡萄の房が入っていた。

「葡萄好き？」

「好きですよ」と僕は言った。

彼女はいちばん上の一房をとって僕に手わたしてくれた。「それ洗ってあるから食べられるわよ」

僕は歩きながら葡萄を食べ、皮と種を地面に吹いて捨てた。みずみずしい味の葡萄だった。レイコさんも自分のぶんを食べた。

「あそこの家の男の子にピアノをちょこちょこと教えてあげているの。そのお礼がわりにいろんなものくれるのよ、あの人たち。このあいだのワインもそうだし。市内でちょっとした買物もしてきてもらえるしね」

「昨日の話のつづきが聞きたいですね」と僕は言った。

「いいわよ」とレイコさんは言った。「でも毎晩帰りが遅くなると直子が私たちの仲を疑いはじめるんじゃないかしら？」

「たとえそうなったとしても話のつづきを聞きたいですね」

「OK、じゃあ屋根のあるところで話しましょう。今日はいささか冷えるから」

彼女はテニス・コートの手前を左に折れ、狭い階段を下り、小さな倉庫が長屋のような格好でいくつか並んでいるところに出た。そしてそのいちばん手前の小屋の扉を開け、中に入って電灯のスイッチを入れた。「入りなさいよ。何もないところだけれど」

倉庫の中にはクロス・カントリー用のスキー板とストックと靴がきちんと揃えられて並び、床には雪かきの道具や除雪用の薬品などが積みあげられていた。

「昔はよくここに来てギターの練習したわ。一人になりたいときにはね。こぢんまりしていいところでしょ？」

レイコさんは薬品の袋の上に腰を下ろし、僕にも隣りに座れと言った。僕は言われたとおりにした。

「少し煙がこもるけど、煙草吸っていいかしらね？」

「いいですよ、どうぞ」と僕は言った。

「やめられないのよね、これだけは」とレイコさんは顔をしかめながら言った。そしておいしそうに煙草を吸った。これくらいおいしそうに煙草を吸う人はちょっといない。僕は一粒一粒丁寧に葡萄を食べ、皮と種をゴミ箱がわりに使われているブリキ缶の中に捨てた。

「昨日はどこまで話したっけ?」とレイコさんが言った。

「嵐の夜に岩つばめの巣をとりに険しい崖をのぼっていくところまでですね」と僕は言った。

「あなたって真剣な顔して冗談言うからおかしいわねえ」とレイコさんはあきれたように言った。「毎週土曜日の朝にその女の子にピアノを教えたっていうところまでだったわよね、たしか」

「そうです」

「世の中の人を他人に物を教えるのが得意な人と不得意な人にわけるとしたら私はたぶん前の方に入ると思うの」とレイコさんは言った。「若い頃はそう思わなかったけれど。まあそう思いたくないというのもあったんでしょうね、ある程度の年になって自分に見きわめみたいなのがついてから、そう思うようになったの。自分は他人に物を教えるのが上手いんだってね。私、本当に上手いのよ」

「そう思います」と僕は同意した。

「私は自分自身に対してよりは他人に対する方がずっと我慢づよいし、自分自身に対するよりは他人に対する方が物事の良い面を引きだしやすいの。私はそういうタイプの人間なのよ。マッチ箱のわきについているザラザラしたやつみたいな存在なのよ、要するに。でもいいのよ、それでべつに。そういうの私とくに嫌なわけじゃないもの。私、二流のマッチ棒よりは一流のマッチ箱の方が好きよ。はっきりとそう思うようになったのは、そうね、その女の子を教えるようになってからね。それまでもっと若い頃にアルバイトで何人か教えたことあるけど、そのときはべつにそんなこと思わなかったわ。その子を教えてはじめてそう思ったの。あれ、私はこんなに人に物を教えるのが得意だったっけってね。それくらいレッスンはうまくいったの。

昨日も言ったようにテクニックと言う点ではその子のピアノはたいしたことないし、音楽の専門家になろうっていうんでもないし、私としても余計のんびりやれたわけよ。それに彼女の通っていた学校はまずまずの成績をとっていれば大学までエスカレーター式に上っていける女子校で、それほどがつがつ勉強する必要もなかったからお母さんの方だって『のんびりとおけいこ事でもして』ってなものよ。だから私もその子にああしろこうしろって押しつけなかったわ。押しつけられるのは嫌な子なんだなって最初会ったときに思ったから。口では愛想良くはいはいって言うけれど、絶対に自分のやりたいことしかやらない子なのよ。だからね、まずその子に自分の好きなように弾かせるの。百パーセント好きなように。次に私がその同じ曲をいろんなやり方で弾いてみせるの。そして二人でどの弾き方が良いだとか好きだとか討論するの。それからその子にもう一度弾かせるの。すると前より演奏が数段良くなってるのよ。良いところを見抜いてちゃんと取っちゃうわけよ」

レイコさんは一息ついて煙草の火先を眺めた。僕は黙って葡萄を食べつづけていた。

「私もかなり音楽的な勘はある方だとは思うけれど、その子は私以上だったわね。惜しいなあと思ったわよ。小さい頃から良い先生についてきちんとした訓練受けてたら良いところまでいってたのになあってね。でもそれは違うのよ。結局のところその子はきちんとした訓練に耐えることができない子なのよ。世の中にはそういう人っているのよ。素晴しい才能に恵まれながら、それを体系化するための努力ができないで、才能を細かくまきちらして終ってしまう人たちがね。私も何人かそういう人たちを見てきたわ。最初はとにかくもう凄いって思うの。たとえばものすごい難曲を楽譜の初見でバァーッと弾いちゃう人がいるわけよ。それもけっこううまくね。見てる方は圧倒されちゃうわよね。私なんかとてもとてもかなわないってね。でもそれだけなのよ。彼らはそこから先には行けないわけ。何故行けないか？　行く努力をしないからよ。努力する訓練を叩きこまれていないからよ。スポイルされているのね。下手に才能があって小さい頃から努力しなくてもけっこう上手くやれてみんなが凄い凄いって賞めてくれるものだから、努力なんてものが下らなく見えちゃうのね。他の子が三週間かかる曲を半分で仕上げちゃうでしょ、すると先生の方もこの子はできるからって次に行かせちゃう。それもまた人の半分の時間で仕上げちゃう。また次に行く。そして叩かれるということを知らないまま、人間形成に必要なある要素をおっことしていってしまうの。これは悲劇よね。まあ私にもいくぶんそういうところはあったんだけれど、幸いなことに私の先生はずいぶん厳しい人だったから、まだこの程度ですんでるのよ。

でもね、その子にレッスンするのは楽しかったわよ。高性能のスポーツ・カーに乗って高速道路を走っているようなもんでね、ちょっと指を動かすだけでピッピッと素速く反応するのよ。いささか素速すぎるという場合があるにせよね。そういう子を教えるときのコツはまず賞めすぎないことよね。小さい頃から賞められ馴れてるから、いくら賞められたってまたかと思うだけなのよ。ときどき上手な賞め方をすればそれでいいのよ。それから物事を押しつけないこと。自分に選ばせること。先に先にと行かせないで立ちどまって考えさせること。それだけ。そうすれば結構うまく行くのよ」

レイコさんは煙草を地面に落として踏んで消した。そして感情を鎮めるようにふうっと深呼吸をした。

「レッスンが終るとね、お茶飲んでお話したわ。ときどき私がジャズ・ピアノの真似事して教えてあげたりしてね。こういうのがバド・パウエル、こういうのがセロニアス・モンクなんてね。でもだいたいはその子がしゃべってたの。これがまた話が上手くてね、ついつい引きこまれちゃうのよ。まあ昨日も言ったように大部分は作りごとだったと思うんだけれど、それにしても面白いわよ。観察が実に鋭くて、表現が適確で、毒とユーモアがあって、人の感情を刺激するのよ。とにかくね、人の感情を刺激して動かすのが実に上手い子なの。そして自分でもそういう能力があることを知っているから、できるだけ巧妙に有効にそれを使おうとするのよ。人を怒らせたり、悲しませたり、同情させたり、落胆させたり、喜ばせたり、思うがままに相手の感情を刺激することができるのよ。それも自分の能力を試したいという理由だけで、無意味に他人の感情を操ったりもするわけ。もちろんそういうのもあとになってからそうだったんだなあと思うだけでそのときはわからないの」

レイコさんは首を振ってから葡萄を幾粒か食べた。

「病気なのよ」とレイコさんは言った。「病んでいるのよ。それもね、腐ったリンゴがまわりのものをみんな駄目にしていくような、そういう病み方なのよ。そしてその彼女の病気はもう誰にもなおせないの。死ぬまでそういう風に病んだままなのね。だから考えようによっては可哀そうな子なのよ。私だってもし自分が被害者にならなかったとしたらそう思ったと思うわ。この子も犠牲者の一人なんだってね」

そしてまた彼女は葡萄を食べた。どういう風に話せばいいのかと考えているように見えた。

「まあ半年間けっこう楽しくやったわよ。ときどきあれって思うこともあったし、なんだかちょっとおかしいなと思うこともあったわ。それから話をしていて、彼女が誰かに対してどう考えても理不尽で無意味としか思えない激しい悪意を抱いていることがわかってゾッとすることもあったし、あまりにも勘が良くて、この子いったい何を本当は考えているのかしらと思ったこともあったわ。でも人間誰しも欠点というのはあるじゃない？ それに私は一介のピアノの教師にすぎないわけだし、そんなのどうだっていいといえばいいことでしょ、人間性だとか性格だとか？ きちんと練習してくれさえすれば私としてはそれでオーケーじゃない。それに私、その子のことをけっこう好きでもあったのよ、本当のところ。

ただね、その子には個人的なことはあまりしゃべらないようにしてたの、私。なんとなく本能的にそういう風にしない方が良いと思ってたから。だから彼女が私のことについていろいろ質問しても——ものすごく知りたがったんだけど——あたりさわりのないことしか教えなかったの。どんな育ち方しただの、どこの学校行っただの、まあその程度のことよね。先生のこともっとよく知りたいのよ、とその子は言ったわ。私のこと知ったって仕方ないわよ、つまんない人生だもの、普通の夫がいて、子供がいて、家事に追われて、と私は言ったの。でも私、先生のこと好きだからって言って、彼女私の顔をじっと見るのよ、すがるように。そういう風に見られるとね、私もドキッとしちゃうわよ。まあ悪い気はしないわよ。それでも必要以上のことは教えなかったけれどね。

あれは五月頃だったかしらね、レッスンしている途中でその子が突然気分がわるいって言いだしたの。顔を見るとたしかに青ざめて汗かいてるのよ。それで私、どうする、家に帰る？　って訊ねたら、少し横にならせて下さい、そうすればなおるからって言うの。いいわよ、こっちに来て私のベッドで横になりなさいって私言って、彼女を殆ど抱きかかえるようにして私の寝室につれていったの。うちのソファーってすごく小さかったから、寝室に寝かせないわけにいかなかったのよ。ごめんなさい、迷惑かけちゃって、って彼女が言うから、あらいいわよ、そんなの気にしないでって私言ったわ。どうする、お水か何か飲む？　って。いいの、となりにしばらくいてもらえればってその子は言って、いいわよ、となりにいるくらいいくらでもいてあげるからって私言ったの。

少しするとね『すみません、少し背中をさすっていただけませんか』ってその子が苦しそうな声で言ったの。見るとすごく汗かいているから、私一所懸命背中さすってやったの。すると『ごめんなさい、ブラ外してくれませんか、苦しくって』ってその子言うのよ。まあ仕方ないから外してあげたわよ、私。ぴったりしたシャツ着てたもんだから、そのボタン外してね、そして背中のホックを外したの。十三にしちゃおっぱいの大きな子でね、私の二倍はあったわね。ブラジャーもね、ジュニア用のじゃなくてちゃんとした大人用の、それもかなり上等なやつよ。でもまあそういうのもどうでもいいことじゃない？　私ずっと背中さすってたわよ、馬鹿みたいに。ごめんなさいねってその子本当に申しわけないって声で言って、そのたびに私、気にしない気にしないって言ってたわねえ」

レイコさんは足もとにとんとんと煙草の灰を落とした。僕もその頃には葡萄を食べるのをやめて、じっと彼女の話に聞き入っていた。

「そのうちにその子しくしくと泣きはじめたの。

『ねえ、どうしたの？』って私言ったわ。

『なんでもないんです』

『なんでもなくないでしょ。正直に言ってごらんなさいよ』

『時々こんな風になっちゃうんです。自分でどうしようもないんです。淋しくって、哀しくて、誰も頼る人がいなくて、誰も私のことをかまってくれなくて。それで辛くて、こうなっちゃうんです。夜もうまく眠れなくて、食欲も殆んどなくて。先生のところに来るのだけが楽しみなんです、私』

『ねえ、どうしてそうなるのか言ってごらんなさい。聞いてあげるから』

家庭がうまくいってないんです、ってその子は言ったわ。両親を愛することができないし両親の方も自分を愛してはくれないんだって。父親は他に女がいてろくに家に戻ってこないし、母親はそのことで半狂乱になって彼女にあたるし、毎日のように打たれるんだって彼女は言ったの。家に帰るのが辛いんだって。そう言っておいおい泣くのよ。かわいい目に涙をためて。あれ見たら神様だってほろりとしちゃうわよね。それで私こう言ったの。そんなにお家に帰るのが辛いんだったらレッスンの時以外にもうちに遊びに来てもいいわよって。すると彼女は私にしがみつくようにして『本当にごめんなさい。先生がいなかったら、私どうしていいかわかんないの。私のこと見捨てないで。先生に見捨てられたら、私行き場がないんだもの』って言うのよ。

仕方ないから私、その子の頭を抱いて撫でてあげたわよ、よしよしってね。その頃にはその子は私の背中にこう手をまわしてね、撫でてたの。そうするとそのうちにね、私だんだん変な気になってきたの。体がなんだかこう火照ってるみたいでね。だってさ、絵から切り抜いたみたいなきれいな女の子と二人でベッドで抱きあっていて、その子が私の背中を撫でまわしていて、その撫で方たるやものすごく官能的なんだもの。亭主なんてもう足もとにも及ばないくらいなの。ひと撫でされるごとに体のたがが少しずつ外れていくのがわかるのよ。それくらいすごいの。気がついたら彼女私のブラウス脱がせて、私のブラ取って、私のおっぱいを撫でてるのよ。それで私やっとわかったのよ、この子筋金入りのレズビアンなんだって。私前にも一度やられたことあるの。高校のとき、上級の女の子に。それで私、駄目、よしなさいって言ったの。

『お願い。少しでいいの。私、本当に淋しいの。嘘じゃないんです。本当に淋しいの。先生しかいないんです。見捨てないで』そしてその子、私の手をとって自分の胸にあてたの。すごく形の良いおっぱいでね、それにさわるとね、なんかこう胸がきゅんとしちゃうみたいなの。女の私ですらよ。私、どうしていいかわかんなくてね、駄目よ、そんなの駄目だったらって馬鹿みたいに言いつづけるだけなの。どういうわけか体が全然動かないのよ。高校のときはうまくはねのけることができたのに、そのときは全然駄目だったわ。体がいうことききかなくて。その子は左手で私の手を握って自分の胸に押しつけて、唇で私の乳首をやさしく嚙んだり舐めたりして、右手で私の背中やらわき腹やらお尻やらを愛撫してたの。カーテンを閉めた寝室で十三歳の女の子に裸同然にされて——その頃はもうなんだかわからないうちに一枚一枚服を脱がされてたの——愛撫されて悶えるなんて今思うと信じられないわよ。馬鹿みたいじゃない。でもそのときはね、なんだかもう魔法にかかったみたいだったの。その子は私の乳首を吸いながら『淋しいの。先生しかいないの。捨てないで。本当に淋しいの』って言いつづけて、私の方は駄目よ駄目よって言いつづけてね」

レイコさんは話をやめて煙草をふかした。

「ねえ、私、男の人にこの話するのはじめてなのよ」とレイコさんは僕の顔を見て言った。「あなたには話した方がいいと思うから話してるけれど、私だってすごく恥かしいのよ、これ」

「すみません」と僕は言った。それ以外にどう言えばいいのかよくわからなかった。

「そういうのがしばらくつづいて、それからだんだん右手が下に降りてきたのよ。そして下着の上からあそこ触ったの。その頃は私はもうたまんないくらいにぐじゅぐじゅよ、あそこ。お恥しい話だけれど。あんなに濡れたのはあとにも先にもはじめてだったわね。どちらかというと、私は自分がそれまで性的に淡白な方だと思ってたの。だからそんな風になって、自分でもいささか茫然としちゃったのよ。それから下着の中に彼女の細くてやわらかな指が入ってきて、それで……ねえ、わかるでしょ、だいたい？　そんなこと私の口から言えないわよ、とても。そういうのってね、男の人のごつごつした指でやられるのと全然違うのよ。凄いのよ、本当。まるで羽毛でくすぐられてるみたいで。私もう頭のヒューズがとんじゃいそうだったわ。でもね、私、ボオッとした頭の中でこんなことしてちゃ駄目だと思ったの。一度こんなことやったら延々とこれをやりつづけることになるし、そんな秘密も抱えこんだら私の頭はまたこんがらがるに決まっているんだもの。そして子供のことを考えたの。子供にこんなところ見られたらどうしようってね。子供は土曜日は三時くらいまで私の実家に遊びに行くことになっていたんだけれど、もし何かがあって急にうちに帰ってきたりしたらどうしようってね。そう思ったの。それで私、全身の力をふりしぼって起きあがって『止めて、お願い！』って叫んだの。

でも彼女止めなかったわ。その子、そのとき私の下着脱がせてクンニリングスしてたの。私、恥かしいから主人にさえ殆んどそういうのさせなかったのに、十三の女の子が私のあそこぺろぺろ舐めてるのよ。参っちゃうわよ、私。泣けちゃうわよ。それがまた天国にのぼったみたいにすごいんだもの。

『止めなさい』ってもう一度どなって、その子の頰を打ったの。思いきり。それで彼女やっとやめたわ。そして体を起こしてじっと私を見たの。私たちそのとき二人ともまるっきりの裸でね、ベッドの上に身を起こしてお互いをじっと見つめあったわけ。その子は十三で、私は三十一で……でもその子の体を見てると、私なんだか圧倒されちゃったわね。今でもありありと覚えているわよ。あれが十三の女の子の肉体だなんて私にはとても信じられなかったし、今でも信じられないわよ。あの子の前に立つと私の体なんて、おいおい泣きだしたいくらいみっともない代物だったわ。本当よ」

何とも言いようがないので僕は黙っていた。

「ねえどうしてよってその子は言ったわ。『先生もこれ好きなんでしょ？　私最初から知ってたのよ。好きでしょ？　わかるのよ、そういうの。男の人とやるよりずっといいでしょ？　だってこんなに濡れてるじゃない。私、もっともっと良くしてあげられるわよ。本当よ。体が溶けちゃうくらい良くしてあげられるのよ。いいでしょ、ね？』でもね、本当にその子の言うとおりなのよ。本当に。主人とやるよりその子とやってる方がずっと良かったし、もっとしてほしかったのよ。でもそうするわけにはいかないのよ。『私たち週に一回これやりましょうね。一回でいいのよ。誰にもわからないもの。先生と私だけの秘密にしましょうね？』って彼女は言ったわ。

でも私、立ちあがってバスローブ羽織って、もう帰ってくれ、もう二度とうちに来ないでくれって言ったの。その子、私のことじっと見てたわ。その目がね、いつもと違ってすごく平板なの。まるでボール紙に絵の具塗って描いたみたいに平板なのよ。奥行きがなくて。しばらくじっと私のこと見てから、黙って自分の服をあつめて、まるで見せつけるみたいにゆっくりとひとつひとつそれを身につけて、それからピアノのある居間に戻って、バッグからヘア・ブラシを出して髪をとかし、ハンカチで唇の血を拭き、靴をはいて出ていったの。出がけにこう言ったわ。『あなたレズビアンなのよ、本当よ。どれだけ胡麻化したって死ぬまでそうなのよ』ってね」

「本当にそうなんですか?」と僕は訊いてみた。

レイコさんは唇を曲げてしばらく考えていた。「イエスでもあり、ノオでもあるわね。主人とやるよりはその子とやるときの方が感じたわよ。これは事実ね。だから一時は自分でも私はレズビアンなんじゃないかと、やはり真剣に悩んだわよ。これまでそれに気づかなかっただけなんだってね。でも最近はそう思わないわ。もちろんそういう傾向が私の中にないとは言わないわよ。たぶんあるんだと思う。でも正確な意味では私はレズビアンではないのよ。何故なら私の方から女の子を見て積極的に欲情するということはないからよ。わかる?」

僕は肯いた。

「ただある種の女の子が私に感応し、その感応が私に伝わるだけなのよ。そういう場合に限って私はそうなっちゃうのよ。だからたとえば直子を抱いたって、私とくに何も感じないわよ。私たち暑いときなんか部屋の中では殆んど裸同然で暮してるし、お風呂だって一緒に入るし、たまにひとつの布団の中で寝るし……でも何もないわよ。何も感じないわよ。あの子の体だってすごくきれいだけど、でも、そうね、べつにそれだけよ。ねえ、私たち一度レズごっこしたことあるのよ。直子と私とで。こんな話聞きたくない?」

「話して下さい」

「私がこの話をあの子にしたとき――私たちなんでも話すのよ――直子がためしに私の体を撫でてくれたの、いろいろと。二人で裸になってね。でも駄目よ、ぜんぜん。くすぐったくてくすぐったくて、もう死にそうだったわ。今思いだしてもムズムズするわよ。そういうのってあの子本当に不器用なんだから。どう少しホッとした？」

「そうですね、正直言って」と僕は言った。

「まあ、そういうことよ、だいたい」とレイコさんは小指の先で眉のあたりを掻きながら言った。

「その女の子が出ていってしまうと、私しばらく椅子に座ってボオッとしていたの。どうしていいかよくわかんなくて。体のずうっと奥の方から心臓の鼓動がコトッコトッて鈍い音で聞こえて、手足がいやに重くて、口が蛾でも食べたみたいにかさかさして。でも子供が帰ってくるからとにかくお風呂に入ろうと思って入ったの。そしてあの子に撫でられたり舐められたりした体をとにかくきれいに洗っちゃおうって思ったの。でもね、どれだけ石鹸でごしごし洗っても、そういうぬめりのようなものは落ちないのよ。たぶんそんなの気のせいだと思うんだけれど駄目なのよね。で、その夜、彼に抱いてもらったの。その穢れおとしみたいなかんじでね。もちろん彼にはそんなこと何も言わなかったわよ。とてもじゃないけど言えないわよ。ただ抱いてって言って、やってもらっただけ。ねえ、いつもより時間かけてゆっくりやってねって言って。彼すごく丁寧にやってくれたわ。たっぷり時間かけて。私それでバッチリいっちゃったわよ、ピューッて。あんなにすごくいっちゃったの結婚してはじめてだったわ。どうしてだと思う？　あの子の指の感触が私の体に残ってたからよ。それだけなのよ。ひゅう。恥かしいわねえ、こういう話。汗が出ちゃうわ。やってくれたとかいっちゃったとか」レイコさんはまた唇を曲げて笑った。「でもね、それでもまだ駄目だったわ。二日たっても三日たっても残っているのよ、その女の子の感触が。そして彼女の最後の科白が頭の中でこだまみたいにわんわんと鳴りひびいているのよ。

翌週の土曜日、彼女は来なかった。もし来たらどうしようかなあって、私どきどきしながら家にいたの。何も手につかなくて。でも来なかったわ。まあ来ないわよね。プライドの高い子だし、あんな風になっちゃったわけだから。そして翌週も、また次の週も来なくって、一ヵ月が経ったのよ。時間がたてばそんなことも忘れちゃうだろうと私は思ってたんだけど、でもうまく忘れられなかったの。一人で家の中にいるとね、なんだかその女の子の気配がまわりにふっと感じられて落ちつかないのよ。ピアノも弾けないし、考えることもできないし。何しようとしてもうまく手につかないわけ。それでそういう風に一ヵ月くらいたってある日ふと気づいたんだけれど、外を歩くと何か変なのよね。近所の人が妙に私のことを意識してるのよ。私を見る目がなんだかこう変なかんじで、よそよそしいのよ。もちろんあいさつくらいはするんだけれど、声の調子も応待もこれまでとは違うのよ。ときどきうちに遊びに来ていた隣りの奥さんもどうも私を避けてるみたいなのね。でも私はなるべくそういうの気にすまいとしてたの。そういうのを気にしだすのって病気の初期徴候だから。

　ある日、私の親しくしてる奥さんがうちに来たの。同年配だし、私の母の知りあいの娘さんだし、子供の幼稚園が一緒だったんで、私たちわりに親しかったのよ。その奥さんが突然やってきて、あなたについてひどい噂が広まっているけれど知っているかって言うの。知らないわって私言ったわ。

『どんなのよ？』

『どんなのって言われても、すごく言いにくいのよ』

『言いにくいったって、あなたそこまで言ったんだもの、全部おっしゃいよ』

　それでも彼女すごく嫌がったんだけど、私全部聞きだしたの。まあ本人だってはじめからしゃべりたくって来てるんだもの、何のかんの言ったってしゃべるわよ。そして、彼女の話によるとね、噂というのは私が精神病院に何度も入っていた札つきの同性愛者で、ピアノのレッスンに通ってきていた生徒の女の子を裸にしていたずらしようとして、その子が抵抗すると顔がはれるくらい打ったっていうことなのよ。話のつくりかえもすごいけど、どうして私が入院していたことがわかったんだろうってそっちの方もびっくりしちゃったわね。

『私、あなたのこと昔から知ってるし、そういう人じゃないってみんなに言ったのよ』ってその人は言ったわ。『でもね、その女の子の親はそう信じこんでいて、近所の人みんなにそのこと言いふらしてるのよ。娘があなたにいたずらされたっていうんで、あなたのこと調べてみたら精神病の病歴があることがわかったってね』

彼女の話によるとある日――つまりあの事件の日よね――その子が泣きはらした顔でピアノのレッスンから帰ってきたんで、いったいどうしたのかって母親が問いただしたらしいのよ。顔が腫れて唇が切れて血が出ていて、ブラウスのボタンがとれて、下着も少し破れていたんですって。ねえ、信じられる？　もちろん話をでっちあげるためにあの子自分で全部それやったのよ。ブラウスにわざと血をつけて、ボタンちぎって、ブラジャーのレースを破いて、一人でおいおい泣いて目をまっ赤にして、髪をくしゃくしゃにして、それで家に帰ってバケツ三杯ぶんくらいの嘘をついたのよ。そういうのありありと目に浮かぶわよ。

でもだからといってその子の話を信じたみんなを責めるわけにはいかないわよ。私だって信じたと思うもの、もしそういう立場に置かれたら。お人形みたいにきれいで悪魔みたいに口のうまい女の子がしくしく泣きながら『嫌よ。私、何も言いたくない。恥かしいわ』なんて言って打ちあけ話したら、そりゃみんなコロッと信じちゃうわよ。おまけに具合のわるいことには、私に精神病院の入院歴があるっていうのは本当じゃない。その子の顔を思いきり打ったっていうのも本当じゃない。となるといったい誰が私の言うことを信じてくれる？　信じてくれるのは夫くらいのものよ。

何日かずいぶん迷ったあとで思いきって夫に話してみたんだけど、彼は信じてくれたわよ、もちろん。私、あの日に起ったことを全部彼に話したの。レズビアンのようなことをしかけられたんだ、それで打ったんだって。もちろん感じたことまでは言わなかったわよ。それはちょっと具合わるいわよ、いくらなんでも。『冗談じゃない。俺がそこの家に行って直談判してきてやる』って彼はすごく怒って言ったわ。『だって君は僕と結婚して子供までいるんだぜ。なんでレズビアンなんて言われなきゃならないんだよ。そんなふざけた話あるものか』って。

でも私、彼をとめたの。行かないでくれって。よしてよ、そんなことしたって私たちの傷が深くなるだけだからって言ってね。そうなのよ、私にはわかっていたのよ、もう。あの子の心が病んでいるんだっていうことがね。私もそういう病んだ人たちをたくさん見てきたからよくわかるの。あの子は体の芯まで腐ってるのよ。あの美しい皮膚を一枚はいだら中身は全部腐肉なのよ。こういう言い方ってひどいかもしれないけど、本当にそうなのよ。でもそれは世の中の人にはまずわからないし、どう転んだって私たちには勝ちめはないのよ。その子は大人の感情をあやつることに長けているし、我々の手には何の好材料もないのよ。だいたい十三の女の子が三十すぎの女に同性愛をしかけるなんてどこの誰が信じてくれるのよ？　何を言ったところで、世間の人って自分の信じたいことしか信じないんだもの。もがけばもがくほど私たちの立場はもっとひどくなっていくだけなのよ。

引越しましょうよって私は言ったわ。それしかないわよ、これ以上ここにいたら緊張が強くて、私の頭のネジがまた飛んじゃうわよ。今だって私相当フラフラなのよ。とにかく誰も知っている人のいない遠いところに移りましょうって。でも夫は動きたがらなかったわ。あの人、事の重大さにまだよく気がついてなかったのね。彼は会社の仕事が面白くて仕方なかった時期だったし、小さな建売住宅だったけど家もやっと手に入れたばかりだったし、娘も幼稚園に馴染んでいたし。おいちょっと待てよ、そんなに急に動けるわけないだろうって彼は言った。仕事だっておいそれとみつけることはできないし、家だって売らなきゃならないし、子供の幼稚園だってみつけなきゃならないし、どんなに急いだって二ヵ月はかかるよってね。

駄目よそんなことしてたら、二度と立ちあがれないくらい傷つくわよ、って私言ったわ。脅しじゃなくてこれ本当よって。私には自分でそれがわかるのよって。私その頃には耳鳴りとか幻聴とか不眠とかがもう少しずつ始まってたんですもの。じゃあ君、先に一人でどこかに行ってろよ、僕はいろんな用事をすませてから行くからって彼は言ったわ。『嫌よ』って私は言ったの。『一人でなんかどこにも行きたくないわ。今あなたと離ればなれになったら私バラバラになっちゃうわよ。私は今あなたを求めているのよ。一人になんかしないで』

彼は私のことを抱いてくれたわ。そして少しだけでいいから我慢してくれって言ったの。一ヵ月だけ我慢してくれって。そのあいだに僕が何もかもちゃんと手配する。仕事の整理もする、家も売る、子供の幼稚園も手配する、新しい職もみつける。うまく行けばオーストラリアに仕事の口があるかもしれない。だから一ヵ月だけ待ってくれ。そうすれば何もかもうまくいくからってね。そう言われると私、それ以上何も言えなかったわ。だって何か言おうとすればするほど私だんだん孤独になっていくんですもの」

レイコさんはため息をついて天井の電灯を見あげた。

「でも一ヵ月はもたなかった。ある日頭のネジが外れちゃって、ボンッ！　よ。今回はひどかったわね、睡眠薬飲んでガスひねったもの。でも死ねなくて、気がついたら病院のベッドよ。それでおしまい。何ヵ月かたって少し落ちついて物が考えられるようになった頃に、離婚してくれって夫に言ったの。それがあなたのためにも娘のためにもいちばんいいのよって。離婚するつもりはない、って彼は言ったわ。『もう一度やりなおせるよ。新しい土地に行って三人でやりなおそうよ』って。『もう遅いの』って私は言ったわ。『あのときに全部終っちゃったのよ。一ヵ月待ってくれってあなたが言ったときにね。もし本当にやりなおしたいと思うのならあなたはあのときにそんなこと言うべきじゃなかったのよ。どこに行っても、どんな遠くに移っても、また同じようなことが起るわよ。そして私はまた同じようなことを要求してあなたを苦しめることになるし、私もうそういうことしたくないのよ』

そして私たち離婚したわ。というか私の方から無理に離婚したの。彼は二年前に再婚しちゃったけど、私今でもそれでよかったんだと思ってるわよ。本当よ。その頃には自分の一生がずっとこんな具合だろうってことがわかっていたし、そういうのにもう誰をもまきこみたくなかった。いつ頭のたがが外れるかってびくびくしながら暮すような生活を誰にも押しつけたくなかったの。

彼は私にとても良くしてくれたわよ。彼は信頼できる誠実な人だし、力強いし辛抱強いし、私にとっては理想的な夫だったわよ。彼は私を癒そうと精いっぱい努力したし、私もなおろうと努力したわよ。彼のためにも子供のためにもね。そして私ももう癒されたんだと思ってたのね。結婚して六年、幸せだったわよ。彼は九九パーセントまで完璧にやってたのよ。でも一パーセントが、たったの一パーセントが狂っちゃったのよ。そしてボンッ！よ。それで私たちの築きあげてきたものは一瞬にして崩れさってしまって、まったくのゼロになってしまったのよ。あの女の子一人のせいでね」

レイコさんは足もとで踏み消した煙草の吸殻をあつめてブリキの缶の中に入れた。

「ひどい話よね。私たちあんなに苦労して、いろんなものをちょっとずつちょっとずつ積みあげていったのにね。崩れるときって、本当にあっという間なのよ。あっという間に崩れて何もかもなくなっちゃうのよ」

レイコさんは立ちあがってズボンのポケットに両手をつっこんだ。「部屋に戻りましょう。もう遅いし」

空はさっきよりもっと暗く雲に覆われ、月もすっかり見えなくなってしまっていた。今では雨の匂いが僕にも感じられるようになっていた。そして手に持った袋の中の若々しい葡萄の匂いがそこにまじりあっていた。

「だから私なかなかここを出られないのよ」とレイコさんは言った。「ここを出ていって外の世界とかかわりあうのが怖いのよ。いろんな人に会っていろんな思いをするのが怖いのよ」

「気持はよくわかりますよ」と僕は言った。「でもあなたにはできると僕は思いますよ、外に出てきちんとやっていくことが」

レイコさんはにっこりと笑ったが、何も言わなかった。

＊

直子はソファーに座って本を読んでいた。脚を組み、指でこめかみを押さえながら本を読んでいたが、それはまるで頭に入ってくる言葉を指でさわってたしかめているみたいに見えた。もうぽつぽつと雨が降りはじめていて、電灯の光が細かい粉のように彼女の体のまわりにちらちらと漂っていた。レイコさんとずっと二人で話したあとで直子を見ると、彼女はなんて若いんだろうと僕はあらためて認識した。

「遅くなってごめんね」とレイコさんが直子の頭を撫でた。

「二人で楽しかった？」と直子が顔を上げて言った。

「もちろん」とレイコさんは答えた。

「どんなことしてたの、二人で？」と直子が僕に訊いた。

「口では言えないようなこと」と僕は言った。

直子はくすくす笑って本を置いた。そして我々は雨の音を聴きながら葡萄を食べた。

「こんな風に雨が降ってるとまるで世界には私たち三人しかいないって気がするわね」と直子が言った。「ずっと雨が降ったら、私たち三人ずっとこうしてられるのに」

「そしてあなたたち二人が抱きあっているあいだ私が気のきかない奴隷みたいに長い柄のついた扇でパタパタとあおいだり、ギターでＢＧＭつけたりするんでしょ？　嫌よ、そんなの」とレイコさんは言った。

「あら、ときどき貸してあげるわよ」と直子が笑って言った。

「まあ、それなら悪くないわね」とレイコさんは言った。「雨よ降れ」

雨は降りつづいた。ときどき雷まで鳴った。葡萄を食べ終るとレイコさんは例によって煙草に火をつけ、ベッドの下からギターを出して弾いた。「デサフィナード」と「イパネマの娘」を弾き、それからバカラックの曲やレノン＝マッカートニーの曲を弾いた。僕とレイコさんは二人でまたワインを飲み、ワインがなくなると水筒に残っていたブランディーをわけあって飲んだ。そしてとても親密な気分でいろんな話をした。このままずっと雨が降りつづけばいいのにと僕も思った。

「またいつか会いに来てくれる？」と直子が僕の顔を見て言った。

「もちろん来るよ」と僕は言った。

「手紙も書いてくれる？」

「毎週書くよ」

「私にも少し書いてくれる？」とレイコさんが言った。

「いいですよ。書きます、喜んで」と僕は言った。

十一時になるとレイコさんが僕のために昨夜と同じようにソファーを倒してベッドを作ってくれた。そして我々はおやすみのあいさつをして電灯を消し、眠りについた。僕はうまく眠れなかったのでナップザックの中から懐中電灯と「魔の山」を出してずっと読んでいた。十二時少し前に寝室のドアがそっと開いて直子がやってきて僕のとなりにもぐりこんだ。昨夜とはちがって直子はいつもと同じ直子だった。目もぼんやりとしていなかったし、動作もきびきびしていた。彼女は僕の耳に口を寄せて「眠れないのよ、なんだか」と小さな声で言った。僕も同じだと僕は言った。僕は本を置いて懐中電灯を消し、直子を抱き寄せて口づけした。闇と雨音がやわらかく僕らをくるんでいた。

「レイコさんは？」

「大丈夫よ、ぐっすり眠りこんでるから。あの人寝ちゃうとまず起きないの」と直子は言った。

「本当にまた会いに来てくれる？」

「来るよ」

「あなたに何もしてあげられなくても？」

僕は暗闇の中で肯いた。直子の乳房の形がくっきりと胸に感じられた。僕は彼女の体をガウンの上から手のひらでなぞった。肩から背中へ、そして腰へと、僕はゆっくりと何度も手を動かして彼女の体の線ややわらかさを頭の中に叩きこんだ。しばらくそんな風にやさしく抱きあったあとで、直子は僕の額にそっと口づけし、するりとベッドから出ていった。直子の淡いブルーのガウンが闇の中でまるで魚のようにひらりと揺れるのが見えた。

「さよなら」と直子が小さな声で言った。

そして雨の音を聴きながら、僕は静かな眠りについた。


雨は朝になってもまだ降りつづいていた。昨夜とはちがって、目に見えないくらいの細い秋雨だった。水たまりの水紋と軒をつたって落ちる雨だれの音で降っていることがやっとわかるくらいだった。目をさましたとき窓の外には乳白色の霧がたれこめていたが、太陽が上るにつれて霧は風に流され、雑木林や山の稜線が少しずつ姿をあらわしてきた。

昨日の朝と同じように僕らは三人で朝食を食べ、それから鳥小屋の世話をしに行った。直子とレイコさんはフードのついたビニールの黄色い雨合羽を着ていた。僕はセーターの上に防水のウィンド・ブレーカーを着た。空気は湿っぽくてひやりとしていた。鳥たちも雨を避けるように小屋の奥の方にかたまってひっそりと身を寄せあっていた。

「寒いですね、雨が降ると」と僕はレイコさんに言った。

「雨が降るごとに少しずつ寒くなってね、それがいつか雪に変るのよ」と彼女は言った。「日本海からやってきた雲がこのへんにどっさりと雪を落して向うに抜けていくの」

「鳥たちは冬はどうするんですか?」

「もちろん室内に移すわよ。だってあなた、春になったら凍りついた鳥を雪の下から掘りかえして解凍して生きかえらせて『はい、みんな、ごはんよ』なんていうわけにもいかないでしょ?」

僕が指で金網をつつくとオウムが羽根をばたばたさせて〈クソタレ〉〈アリガト〉〈キチガイ〉と叫んだ。

「あれ冷凍しちゃいたいわね」と直子が憂鬱そうに言った。「毎朝あれ聞かされてると本当に頭がおかしくなっちゃいそうだわ」

鳥小屋の掃除が終ると我々は部屋に戻り、僕は荷物をまとめた。彼女たちは農場に行く仕度をした。我々は一緒に棟を出て、テニス・コートの少し先で別れた。彼女たちは道を右に折れ、僕はまっすぐに進んだ。さようならと彼女たちは言い、さようならと僕は言った。また会いに来るよ、と僕は言った。直子は微笑んで、それから角を曲って消えていった。

門に着くまでに何人もの人とすれちがったが、誰もみんな直子たちが着ていたのと同じ黄色い雨合羽を着て、頭にはすっぽりとフードをかぶっていた。雨のおかげであらゆるものの色がくっきりとして見えた。地面は黒々として、松の枝は鮮かな緑色で、黄色の雨合羽に身を包んだ人々は雨の朝にだけ地表をさまようことを許された特殊な魂のように見えた。彼らは農具や籠や何かの袋を持って、音もなくそっと地表を移動していた。

門番は僕の名前を覚えていて、出ていくときに来訪者リストの僕の名前のところにしるしをつけた。

「東京からおみえになったんですな」とその老人は僕の住所を見て言った。「私も一度だけあそこに行ったことありますが、あれは豚肉のうまいところですな」

「そうですか？」と僕はよくわからないまま適当に返事をした。

「東京で食べた大抵のものはうまいとは思わんかったが、豚肉だけはうまかったですわ。あれはこう、何か特別な飼育法みたいなもんがあるんでしょうな」

それについては何も知らないと僕は言った。東京の豚肉がおいしいなんて話を聞いたのもはじめてだった。「それはいつの話ですか？　東京に行かれたというのは？」と僕は訊いてみた。

「いつでしたかなあ」と老人は首をひねった。「皇太子殿下の御成婚の頃でしたかな。息子が東京におって一回くらい来いというから行ったんですわ。そのときに」

「じゃあその頃はきっと東京では豚肉がおいしかったんでしょうね」と僕は言った。

「昨今はどうですか？」

よくわからないけれど、そういう評判はあまり耳にしたことはないと僕は答えた。僕がそう言うと、彼は少しがっかりしたみたいだった。老人はもっと話していたそうだったけれど、バスの時間があるからと言って僕は話を切りあげ、道路に向って歩きはじめた。川沿いの道にはまだところどころに霧のきれはしが残り、それが風に吹かれて山の斜面を彷徨していた。僕は道の途中で何度も立ちどまってうしろを振り向いたり、意味なくため息をついたりした。なんだかまるで少し重力の違う惑星にやってきたみたいな気がしたからだ。そしてそうだ、これが外の世界なんだと思って哀しい気持になった。

寮に着いたのが四時半で、僕は部屋に荷物を置くとすぐに服を着がえてアルバイト先の新宿のレコード屋にでかけた。そして六時から十時半まで店番をしてレコードを売った。

店の外を雑多な種類の人々が通りすぎていくのを僕はそのあいだぼんやりと眺めていた。家族づれやらカップルやら酔払いやらヤクザやら、短かいスカートをはいた元気な女の子やら、ヒッピー風の髭をはやした男やら、クラブのホステスやら、その他わけのわからない種類の人々やらが次から次へと通りを歩いて行った。ハードロックをかけるとヒッピーやらフーテンが店の前に何人か集って踊ったり、シンナーを吸ったり、ただ何をするともなく座りこんだりした。トニー・ベネットのレコードをかけると彼らはどこかに消えていった。

店のとなりには大人のおもちゃ屋があって、眠そうな目をした中年男が妙な性具を売っていた。誰が何のためにそんなものをほしがるのか僕には見当もつかないようなものばかりだったが、それでも店はけっこう繁盛しているようだった。店の斜め向い側の路地では酒を飲みすぎた学生が反吐を吐いていた。筋向いのゲーム・センターでは近所の料理店のコックが現金をかけたビンゴ・ゲームをやって休憩時間をつぶしていた。どす黒い顔をした浮浪者が閉った店の軒下にじっと身動きひとつせずにうずくまっていた。淡いピンクの口紅を塗ったどうみても中学生としか見えない女の子が店に入ってきてローリング・ストーンズの「ジャンピン・ジャック・フラッシュ」をかけてくれないかと言った。僕がレコードを持ってきてかけてやると、彼女は指を鳴らしてリズムをとり、腰を振って踊った。

そして煙草はないかと僕に訊いた。僕は店長の置いていったラークを一本やった。女の子はうまそうにそれを吸い、レコードが終るとありがとうも言わずに出ていった。十五分おきに救急車だかパトカーだかのサイレンが聴こえた。みんな同じくらい酔払った三人連れのサラリーマンが公衆電話をかけている髪の長いきれいな女の子に向って何度もオマンコと叫んで笑いあっていた。

そんな光景を見ていると、僕はだんだん頭が混乱して、何がなんだかわからなくなってきた。いったいこれは何なのだろう、と僕は思った。いったいこれらの光景はみんな何を意味しているのだろう、と。

店長が食事から戻ってきて、おい、ワタナベ、おとといあそこのブティックの女と一発やったぜと僕に言った。彼は近所のブティックにつとめるその女の子に前から目をつけていて、店のレコードをときどき持ちだしてはプレゼントしていたのだ。そりゃ良かったですね、と僕が言うと、彼は一部始終をこと細かに話してくれた。女とやりたかったらだな、と彼は得意そうに教えてくれた、とにかくものをプレゼントして、そのあとでとにかくどんどん酒を飲ませて酔払わせるんだよ、どんどん、とにかく。そうすりゃあとはもうやるだけよ。簡単だろ？

僕は混乱した頭を抱えたまま電車に乗って寮に戻った。部屋のカーテンを閉めて電灯を消し、ベッドに横になると、今にも直子が隣りにもぐりこんでくるんじゃないかという気がした。目を閉じるとその乳房のやわらかなふくらみを胸に感じ、囁き声を聞き、両手に体の線を感じとることができた。暗闇の中で、僕はもう一度直子のあの小さな世界へと戻って行った。僕は草原の匂いをかぎ、夜の雨音を聴いた。あの月の光の下で見た裸の直子のことを思い、そのやわらかく美しい肉体が黄色い雨合羽に包まれて鳥小屋の掃除をしたり野菜の世話をしたりしている光景を想い浮かべた。そして僕は勃起したペニスを握り、直子のことを考えながら射精した。射精してしまうと僕の頭の中の混乱も少しは収まったようだったが、それでもなかなか眠りは訪れなかった。ひどく疲れていて眠くて仕方がないのに、どうしても眠ることができないのだ。

僕は起きあがって窓際に立ち、中庭の国旗掲揚台をしばらくぼおっと眺めていた。旗のついていない白いポールはまるで夜の闇につきささった巨大な白い骨のように見えた。直子は今頃どうしているだろう、と僕は思った。もちろん眠っているだろう。あの小さな不思議な世界の闇に包まれてぐっすりと眠っているだろう。彼女が辛い夢を見ることがないようにと僕は祈った。

第七章

翌日の木曜日の午前中には体育の授業があり、僕は五十メートル・プールを何度か往復した。激しい運動をしたせいで気分もいくらかさっぱりしたし、食欲も出てきた。僕は定食屋でたっぷりと量のある昼食を食べてから、調べものをするために文学部の図書室に向って歩いているところで小林緑とばったり出会った。彼女は眼鏡をかけた小柄な女の子と一緒にいたが、僕の姿を見ると一人で僕の方にやってきた。

「どこに行くの？」と彼女が僕に訊いた。

「図書室」と僕は言った。

「そんなところ行くのやめて私と一緒に昼ごはん食べない？」

「さっき食べたよ」

「いいじゃない。もう一回食べなさいよ」

結局僕と緑は近所の喫茶店に入って、彼女はカレーを食べ、僕はコーヒーを飲んだ。彼女は白い長袖のシャツの上に魚の絵の編みこみのある黄色い毛糸のチョッキを着て、金の細いネックレスをかけ、ディズニー・ウォッチをつけていた。そして実においしそうにカレーを食べ、水を三杯飲んだ。

「ずっとここのところあなたいなかったでしょ？　私何度も電話したのよ」と緑は言った。

「何か用事でもあったの？」

「別に用事なんかないわよ。ただ電話してみただけよ」

「ふうむ」と僕は言った。

「『ふうむ』って何よいったい、それ？」

「べつに何でもないよ、ただのあいづちだよ」と僕は言った。「どう、最近火事は起きてない？」

「うん、あれなかなか楽しかったわねえ。被害もそんなになかったし、そのわりに煙がいっぱい出てリアリティーがあったし、ああいうのいいわよ」緑はそう言ってからまたごくごくと水を飲んだ。そして一息ついてから僕の顔をまじまじと見た。「ねえ、ワタナベ君、どうしたの？　あなたなんだか漠然とした顔してるわよ。目の焦点もあっていないし」

「旅行から帰ってきて少し疲れてるんだよ。べつになんともない」

「幽霊でも見てきたような顔してるわよ」

「ふうむ」と僕は言った。

「ねえワタナベ君、午後の授業あるの？」

「ドイツ語と宗教学」

「それすっぽかせない？」

「ドイツ語の方は無理だね。今日テストがある」

「それ何時に終る？」

「二時」

「じゃあそのあと町に出て一緒にお酒飲まない？」

「昼の二時から？」と僕は訊いた。

「たまにはいいじゃない。あなたすごくボオッとした顔してるし、私と一緒にお酒でも飲んで元気だしなさいよ。私もあなたとお酒飲んで元気になりたいし。ね、いいでしょう？」

「いいよ、じゃあ飲みに行こう」と僕はため息をついて言った。「二時に文学部の中庭で待っているよ」

ドイツ語の授業が終ると我々はバスに乗って新宿の町に出て、紀伊國屋の裏手の地下にあるDUGに入ってウォッカ・トニックを二杯ずつ飲んだ。

「ときどきここ来るのよ、昼間にお酒飲んでもやましい感じしないから」と彼女は言った。

「そんなにお昼から飲んでるの？」

「たまによ」と緑はグラスに残った氷をかちゃかちゃと音を立てて振った。「たまに世の中が辛くなると、ここに来てウォッカ・トニック飲むのよ」

「世の中が辛いの？」

「たまにね」と緑は言った。「私には私でいろいろと問題があるのよ」

「たとえばどんなこと？」

「家のこと、恋人のこと、生理不順のこと――いろいろよね」

「もう一杯飲めば？」

「もちろんよ」

僕は手をあげてウェイターを呼び、ウォッカ・トニックを二杯注文した。

「ねえ、このあいだの日曜日あなた私にキスしたでしょう」と緑は言った。「いろいろと考えてみたけど、あれよかったわよ、すごく」

「それはよかった」

「『それはよかった』」とまた緑はくりかえした。「あなたって本当に変ったしゃべり方するわよねえ」

「そうかなあ」と僕は言った。

「それはまあともかくね、私思ったのよ、あのとき。これが生まれて最初の男の子とのキスだったとしたら何て素敵なんだろうって。もし私が人生の順番を組みかえることができたとしたら、あれをファースト・キスにするわね、絶対。そして残りの人生をこんな風に考えて暮すのよ。私が物干し台の上で生まれてはじめてキスをしたワタナベ君っていう男の子は今どうしてるんだろう？　五十八歳になった今は、なんてね。どう、素敵だと思わない」

「素敵だろうね」と僕はピスタチオの殻をむきながら言った。

「ねえ、どうしてそんなにぼんやりしてるの？　もう一度訊くけど」

「たぶん世界にまだうまく馴染めてないんだよ」と僕は少し考えてから言った。「ここがなんだか本当の世界じゃないような気がするんだ。人々もまわりの風景もなんだか本当じゃないみたいに思える」

緑はカウンターに片肘をついて僕の顔を見つめた。「ジム・モリソンの歌にたしかそういうのあったわよね」

「People are strange when you are a stranger」

「ピース」と緑は言った。

「ピース」と僕も言った。

「私と一緒にウルグァイに行っちゃえば良いのよ」と緑はカウンターに片肘をついたまま言った。「恋人も家族も大学も何もかも捨てて」

「それも悪くないな」と僕は笑って言った。

「何もかも放り出して誰も知っている人のいないところに行っちゃうのって素晴しいと思わない？　私ときどきそうしたくなっちゃうのよ、すごく。だからもしあなたが私をひょいとどこか遠くに連れてってくれたとしたら、私あなたのために牛みたいに頑丈な赤ん坊をいっぱい産んであげるわよ。そしてみんなで楽しく暮すの。床の上をころころと転げまわって」

僕は笑って三杯めのウォッカ・トニックを飲み干した。

「牛みたいに頑丈な赤ん坊はまだそれほど欲しくないのね？」と緑は言った。

「興味はすごくあるけれどね。どんなだか見てみたいしね」と僕は言った。

「いいのよべつに、欲しくなくたって」と緑はピスタチオを食べながら言った。「私だって昼下がりにお酒飲んであてのないこと考えてるだけなんだから。何もかも放り投げてどこかに行ってしまいたいって。それにウルグァイなんか行ったってどうせロバのウンコくらいしかないのよ」

「まあそうかもしれないな」

「どこもかしこもロバのウンコよ。ここにいたって、向うに行ったたって。世界はロバのウンコよ。ねえ、この固いのあげる」緑は僕に固い殻のピスタチオをくれた。僕は苦労してその殻をむいた。「でもこの前の日曜日ね、私すごくホッとしたのよ。あなたと二人で物干し場に上って火事を眺めて、お酒飲んで、唄を唄って。あんなにホッとしたの本当に久しぶりだったわよ。だってみんな私にいろんなものを押しつけるんだもの。顔をあわせればああだこうだってね。少くともあなたは私に何も押しつけないわよ」

「何かを押しつけるほど君のことをまだよく知らないんだよ」

「じゃあ私のことをもっとよく知ったら、あなたもやはり私にいろんなものを押しつけてくる？　他の人たちと同じように」

「そうする可能性はあるだろうね」と僕は言った。「現実の世界では人はみんないろんなものを押しつけあって生きているから」

「でもあなたはそういうことしないと思うな。なんとなくわかるのよ、そういうのが。押しつけたり押しつけられたりすることに関しては私はちょっとした権威だから。あなたはそういうタイプではないし、だから私あなたと一緒にいると落ちつけるのよ。ねえ知ってる？　世の中にはいろんなもの押しつけたり押しつけられたりするのが好きな人ってけっこう沢山いるのよ。そして押しつけた、押しつけられたってわいわい騒いでるの。そういうのが好きなのよ。でも私はそんなの好きじゃないわ。やらなきゃ仕方ないからやってるのよ」

「どんなものを押しつけたり押しつけられたりしているの、君は？」

緑は氷を口に入れてしばらく舐めていた。

「私のこともっと知りたい？」

「興味はあるね、いささか」

「ねえ、私は『私のこともっと知りたい？』って質問したのよ。そんな答っていくらなんでもひどいと思わない？」

「もっと知りたいよ、君のことを」と僕は言った。

「本当に？」

「本当に」

「目をそむけたくなっても?」

「そんなにひどいの?」

「ある意味ではね」と緑は言って顔をしかめた。「もう一杯ほしい」

僕はウェイターを呼んで四杯めを注文した。おかわりが来るまで緑はカウンターに頬杖をついていた。僕は黙ってセロニアス・モンクの弾く「ハニサックル・ローズ」を聴いていた。店の中には他に五、六人の客がいたが酒を飲んでいるのは我々だけだった。コーヒーの香ばしい香りがうす暗い店内に午後の親密な空気をつくり出していた。

「今度の日曜日、あなた暇?」と緑が僕に訊いた。

「この前も言ったと思うけれど、日曜日はいつも暇だよ。六時からのアルバイトを別にすればね」

「じゃあ今度の日曜日、私につきあってくれる?」

「いいよ」

「日曜日の朝にあなたの寮に迎えに行くわよ。時間はちょっとはっきりわからないけど。かまわない?」

「どうぞ。かまわないよ」と僕は言った。

「ねえ、ワタナベ君。私が今何をしたがっているかわかる？」

「さあね、想像もつかないね」

「広いふかふかとしたベッドに横になりたいの、まず」と緑は言った。「すごく気持がよくて酔払っていて、まわりにはロバのウンコなんて全然なくて、となりにはあなたが寝ているの。そしてちょっとずつ私の服を脱がせるの。すごくやさしく。お母さんが小さな子供の服を脱がせるときみたいに、そっと」

「ふむ」と僕は言った。

「私途中まで気持良いなあと思ってぼんやりとしてるの。でもね、ほら、ふと我に返って『だめよ、ワタナベ君！』って叫ぶの。『私ワタナベ君のこと好きだけど、私には他につきあってる人がいるし、そんなことできないの。私そういうのけっこう堅いのよ。だからやめて、お願い』って言うの。でもあなたやめないの」

「やめるよ、僕は」

「知ってるわよ。でもこれは幻想シーンなの。だからこれはこれでいいのよ」と緑は言った。「そして私にばっちり見せつけるのよ、あれを。そそり立ったのを。私すぐ目を伏せるんだけど、それでもちらっと見えちゃうのよね。そして言うの、『駄目よ、本当に駄目、そんなに大きくて固いのとても入らないわ』って」

「そんなに大きくないよ。普通だよ」

「いいのよ、べつに。幻想なんだから。するとね、あなたはすごく哀しそうな顔をするの。そして私、可哀そうだから慰めてあげるの。よしよし、可哀そうにって」

「それがつまり君が今やりたいことなの？」

「そうよ」

「やれやれ」と僕は言った。

全部で五杯ずつウォッカ・トニックを飲んでから我々は店を出た。僕が金を払おうとすると緑は僕の手をぴしゃっと叩いて払いのけ、財布からしわひとつない一万円札を出して勘定を払った。

「いいのよ、アルバイトのお金入ったし、それに私が誘ったんだもの」と緑は言った。「もちろんあなたが筋金入りのファシストで女に酒なんかおごられたくないと思ってるんなら話はべつだけど」

「いや、そうは思わないけど」

「それに入れさせてもあげなかったし」

「固くて大きいから」と僕は言った。

「そう」と緑は言った。「固くて大きいから」

緑は少し酔払っていて階段を一段踏み外して、我々はあやうく下まで転げおちそうになった。店の外に出ると空をうすく覆っていた雲が晴れて、夕暮に近い太陽が街にやさしく光を注いでいた。僕と緑はそんな街をしばらくぶらぶらと歩いた。緑は木のぼりがしたいと言ったが、新宿にはあいにくそんな木はなかったし、新宿御苑はもう閉まる時間だった。

「残念だわ、私木のぼり大好きなのに」と緑は言った。

緑と二人でウィンドウ・ショッピングをしながら歩いていると、さっきまでに比べて街の光景はそれほど不自然には感じられなくなってきた。

「君に会ったおかげで少しこの世界に馴染んだような気がするな」と僕は言った。

緑は立ちどまってじっと僕の目をのぞきこんだ。「本当だ。目の焦点もずいぶんしっかりしてきたみたい。ねえ、私とつきあってるとけっこう良いことあるでしょ？」

「たしかに」と僕は言った。

五時半になると緑は食事の仕度があるのでそろそろ家に帰ると言った。僕はバスに乗って寮に戻ると言った。そして僕は彼女を新宿駅まで送り、そこで別れた。

「ねえ今私が何やりたいかわかる？」と別れ際に緑が僕に訊ねた。

「見当もつかないよ、君の考えることは」と僕は言った。

「あなたと二人で海賊につかまって裸にされて、体を向いあわせにぴったりとかさねあわせたまま紐でぐるぐる巻きにされちゃうの」

「なんでそんなことするの?」

「変質的な海賊なのよ、それ」

「君の方がよほど変質的みたいだけどな」と僕は言った。

「そして一時間後には海に放り込んでやるから、それまでその格好でたっぷり楽しんでなって言って船倉に置き去りにされるの」

「それで?」

「私たち一時間たっぷり楽しむの。ころころ転がったり、体よじったりして」

「それが君の今いちばんやりたいことなの?」

「そう」

「やれやれ」と僕は首を振った。

日曜日の朝の九時半に緑は僕を迎えに来た。僕は目がさめたばかりでまだ顔も洗っていなかった。誰かが僕の部屋をどんどん叩いて、おいワタナベ、女が来てるぞ! とどなったので玄関に下りてみると緑が信じられないくらい短かいジーンズのスカートをはいてロビーの椅子に座って脚をくみ、あくびをしていた。朝食を食べに行く連中がとおりがけにみんな彼女のすらりとのびた脚をじろじろと眺めていった。彼女の脚はたしかにとても綺麗だった。

「早すぎたかしら、私？」と緑は言った。「ワタナベ君、今起きたばかりみたいじゃない」

「これから顔を洗って髭を剃ってくるから十五分くらい待ってくれる？」と僕は言った。

「待つのはいいけど、さっきからみんな私の脚をじろじろ見てるわよ」

「あたりまえじゃないか。男子寮にそんな短かいスカートはいてくるんだもの。見るにきまってるよ、みんな」

「でも大丈夫よ。今日のはすごく可愛い下着だから。ピンクので素敵なレースの飾りがついてるの。ひらひらっと」

「そういうのが余計にいけないんだよ」と僕はため息をついて言った。そして部屋に戻ってなるべく急いで顔を洗い、髭を剃った。そしてブルーのボタン・ダウン・シャツの上にグレーのツイードの上着を着て下に降り、緑を寮の門の外に連れ出した。冷や汗が出た。

「ねっ、ここにいる人たちがみんなマスターベーションしてるわけ？　シコシコッて？」と緑は寮の建物を見上げながら言った。

「たぶんね」

「男の人って女の子のことを考えながらあれやるわけ？」

「まあそうだろうね」と僕は言った。「株式相場とか動詞の活用とかスエズ運河のことを考えながらマスターベーションする男はまあいないだろうね。まあだいたいは女の子のことを考えてやるんじゃないかな」

「スエズ運河？」

「たとえば、だよ」

「つまり特定の女の子のこと考えるのね？」

「あのね、そういうのは君の恋人に訊けばいいんじゃないの？」と僕は言った。「どうして僕が日曜日の朝から君にいちいちそういうことを説明しなきゃならないんだよ？」

「私ただ知りたいのよ」と緑は言った。「それに彼にこんなこと訊いたらすごく怒るのよ。女はそんなのいちいち訊くもんじゃないんだって」

「まあまともな考えだね」

「でも知りたいのよ、私。これは純粋な好奇心なのよ。ねえ、マスターベーションするとき特定の女の子のこと考えるの？」

「考えるよ。少くとも僕はね。他人のことまではよくわからないけれど」と僕はあきらめて答えた。

「ワタナベ君は私のこと考えてやったことある？　正直に答えてよ、怒らないから」

「やったことないよ、正直な話」と僕は正直に答えた。

「どうして？　私が魅力的じゃないから？」

「違うよ。君は魅力的だし、可愛いし、挑発的な格好がよく似合うよ」

「じゃあどうして私のことを考えないの？」

「まず第一に僕は君のことを友だちだと思ってるから、そういうことにまきこみたくないんだよ。そういう性的な幻想にね。第二に——」

「他に想い浮かべるべき人がいるから」

「まあそういうことだよね」と僕は言った。

「あなたってそういうことでも礼儀正しいのね」と緑は言った。「私、あなたのそういうところ好きよ。でもね、一回くらいちょっと私を出演させてくれない？　その性的な幻想だか妄想だかに。私そういうのに出てみたいのよ。これ友だちだから頼むのよ。だってこんなこと他の人に頼めないじゃない。今夜マスターベーションするときちょっと私のこと考えてね、なんて誰にでも言えることじゃないじゃない。あなたをお友だちだと思えばこそ頼むのよ。そしてどんなだったかあとで教えてほしいの。どんなことしただとか」

僕はため息をついた。

「でも入れちゃ駄目よ。私たちお友だちなんだから。ね？　入れなければあとは何してもいいわよ、何考えても」

「どうかな。そういう制約のあるやつってあまりやったことないからねえ」と僕は言った。

「考えておいてくれる？」

「考えておくよ」

「あのねワタナベ君。私のことを淫乱だとか欲求不満だとか挑発的だとかいう風には思わないでね。私はただそういうことにすごく興味があって、すごく知りたいだけなの。ずっと女子校で女の子だけの中で育ってきたでしょ？　男の人が何を考えて、その体のしくみがどうなってるのかって、そういうことをすごく知りたいのよ。それも婦人雑誌のとじこみとかそういうんじゃなくて、いわばケース・スタディーとして」

「ケース・スタディー」と僕は絶望的につぶやいた。

「でも私がいろんなことを知りたがったりやりたがったりすると、彼は不機嫌になったり怒ったりするの。淫乱だって言って。私の頭が変だって言うのよ。フェラチオだってなかなかさせてくれないの。私あれすごく研究してみたいのに」

「ふむ」と僕は言った。

「あなたフェラチオされるの嫌？」

「嫌じゃないよ、べつに」

「どちらかというと好き？」

「どちらかというと好きだよ」と僕は言った。「でもその話また今度にしない？　今日はとても気持の良い日曜の朝だし、マスターベーションとフェラチオの話をしてつぶしたくないんだ。もっと違う話をしようよ。君の彼はうちの大学の人？」

「ううん。よその大学よ、もちろん。私たち高校のときのクラブ活動で知りあったの。私は女子校で、彼は男子校で、ほらよくあるでしょ？　合同コンサートとか、そういうの。恋人っていう関係になったのは高校出ちゃったあとだけれど。ねえ、ワタナベ君？」

「うん？」

「本当に一回でいいから私のこと考えてよね」

「試してみるよ、今度」と僕はあきらめて言った。

我々は駅から電車に乗ってお茶の水まで行った。僕は朝食を食べていなかったので新宿駅で乗りかえるときに駅のスタンドで薄いサンドイッチを買って食べ、新聞のインクを煮たような味のするコーヒーを飲んだ。日曜の朝の電車はこれからどこかに出かけようとする家族連れやカップルでいっぱいだった。揃いのユニフォームを着た男の子の一群がバットを下げて車内をばたばたと走りまわっていた。電車の中には短かいスカートをはいた女の子が何人もいたけれど、緑くらい短かいスカートをはいたのは一人もいなかった。緑はときどききゅっきゅっとスカートの裾をひっぱって下ろした。何人かの男はじろじろと彼女の太腿を眺めたのでどうも落ちつかなかったが、彼女の方はそういうのはたいして気にならないようだった。

「ねえ、私が今いちばんやりたいことわかる?」と市ケ谷あたりで緑が小声で言った。

「見当もつかない」と僕は言った。「でもお願いだから、電車の中ではその話しないでくれよ。他の人に聞こえるとまずいから」

「残念ね。けっこうすごいやつなのに、今回のは」と緑はいかにも残念そうに言った。

「ところでお茶の水に何があるの?」

「まあついてらっしゃいよ、そうすればわかるから」

日曜日のお茶の水は模擬テストだか予備校の講習だかに行く中学生や高校生でいっぱいだった。緑は左手でショルダー・バッグのストラップを握り、右手で僕の手をとって、そんな学生たちの人ごみの中をするすると抜けていった。

「ねえワタナベ君、英語の仮定法現在と仮定法過去の違いをきちんと説明できる?」と突然僕に質問した。

「できると思うよ」と僕は言った。

「ちょっと訊きたいんだけれど、そういうのが日常生活の中で何かの役に立ってる?」

「日常生活の中で何かの役に立つということはあまりないね」と僕は言った。「でも具体的に何かの役に立つというよりは、そういうのは物事をより系統的に捉えるための訓練になるんだと僕は思ってるけれど」

緑はしばらくそれについて真剣な顔つきで考えこんでいた。「あなたって偉いのね」と彼女は言った。「私これまでそんなこと思いつきもしなかったわ。仮定法だの微分だの化学記号だの、そんなもの何の役にも立つもんですかとしか考えなかったわ。だからずっと無視してやってきたの、そういうややっこしいの。私の生き方は間違っていたのかしら?」

「無視してやってきた?」

「ええそうよ。そういうの、ないものとしてやってきたの。私、サイン、コサインだって全然わかってないのよ」

「それでまあよく高校を出て大学に入れたもんだよね」と僕はあきれて言った。

「あなた馬鹿ねえ」と緑は言った。「知らないの？　勘さえ良きゃ何も知らなくても大学の試験なんて受かっちゃうのよ。私すごく勘がいいのよ。次の三つの中から正しいものを選べなんてパッとわかっちゃうもの」

「僕は君ほど勘が良くないから、ある程度系統的なものの考え方を身につける必要があるんだ。鴉が木のほらにガラスを貯めるみたいに」

「そういうのが何か役に立つのかしら？」

「どうかな」と僕は言った。「まあある種のことはやりやすくなるだろうね」

「たとえばどんなことが？」

「形而上的思考、数ヵ国語の習得、たとえばね」

「それが何かの役に立つのかしら？」

「それはその人次第だね。役に立つ人もいるし、立たない人もいる。でもそういうのはあくまで訓練なんであって役に立つ立たないはその次の問題なんだよ。最初にも言ったように」

「ふうん」と緑は感心したように言って、僕の手を引いて坂道を下りつづけた。「ワタナベ君って人にものを説明するのがとても上手なのね」

「そうかな？」

「そうよ。だって私これまでいろんな人に英語の仮定法は何の役に立つのって質問したけれど、誰もそんな風にきちんと説明してくれなかったわ。英語の先生でさえよ。みんな私がそういう質問すると混乱するか、怒るか、馬鹿にするか、そのどれかだったわ。誰もちゃんと教えてくれなかったの。そのときにあなたみたいな人がいてきちんと説明してくれたら、私だって仮定法に興味持てたかもしれないのに」

「ふむ」と僕は言った。

「あなた『資本論』って読んだことある？」と緑が訊いた。

「あるよ。もちろん全部は読んでないけど。他の大抵の人と同じように」

「理解できた？」

「理解できるところもあったし、できないところもあった。『資本論』を正確に読むにはそうするための思考システムの習得が必要なんだよ。もちろん総体としてのマルクシズムはだいたいは理解できていると思うけれど」

「その手の本をあまり読んだことのない大学の新入生が『資本論』読んですっと理解できると思う？」

「まず無理じゃないかな、そりゃ」と僕は言った。

「あのね、私、大学に入ったときフォークの関係のクラブに入ったの。唄を唄いたかったから。それがひどいインチキな奴らの揃ってるところでね、今思いだしてもゾッとするわよ。そこに入るとね、まずマルクスを読ませられるの。何ページから何ページまで読んでこいってね。フォーク・ソングとは社会とラディカルにかかわりあわねばならぬものであって……なんて演説があってね。で、まあ仕方ないから私一所懸命マルクス読んだわよ、家に帰って。でも何がなんだか全然わかんないの、仮定法以上に。三ページで放りだしちゃったわ。それで次の週のミーティングで、読んだけど何もわかりませんでした、ハイって言ったの。それでそしたらそれ以来馬鹿扱いよ。問題意識がないだの、社会性に欠けるだのね。冗談じゃないわよ。私はただ文章が理解できなかったって言っただけなのに。そんなのひどいと思わない?」

「ふむ」と僕は言った。

「ディスカッションってのがまたひどくってね。みんなわかったような顔してむずかしい言葉使ってるのよ。それで私わかんないからそのたびに質問したの。『その帝国主義的搾取って何のことですか? 東インド会社と何か関係あるんですか?』とか、『産学協同体粉砕って大学を出て会社に就職しちゃいけないってことですか?』とかね。でも誰も説明してくれなかったわ。それどころか真剣に怒るの。そういうのって信じられる?」

「信じられる」

「そんなことわからないでどうするんだよ、何考えて生きてるんだお前？　これでおしまいよ。そんなのないわよ。そりゃ私そんなに頭良くないわよ。庶民よ。でも世の中を支えてるのは庶民だし、搾取されてるのは庶民じゃない。庶民にわからない言葉ふりまわして何が革命よ、何が社会変革よ！　私だってね、世の中良くしたいと思うわよ。もし誰かが本当に搾取されているのならそれはやめさせなくちゃいけないと思うわよ。だからこそ質問するわけじゃない。そうでしょ？」

「そうだね」

「そのとき思ったわ、私。こいつらみんなインチキだって。適当に偉そうな言葉ふりまわしていい気分になって、新入生の女の子を感心させて、スカートの中に手をつっこむことしか考えてないのよ、あの人たち。そして四年生になったら髪の毛短かくして三菱商事だのＴＢＳだのＩＢＭだの富士銀行だのにさっさと就職して、マルクスなんて読んだこともないかわいい奥さんもらって子供にいやみったらしい凝った名前つけるのよ。何が産学協同体粉砕よ。おかしくって涙が出てくるわよ。他の新入生だってひどいわよ。みんな何もわかってないのにわかったような顔してへらへらしてるんだもの。そしてあとで私に言うのよ。あなた馬鹿ねえ、わかんなくたってハイハイそうですねって言ってりゃいいのよって。ねえ、もっと頭に来たことあるんだけど聞いてくれる？」

「聞くよ」

「ある日私たち夜中の政治集会に出ることになって、女の子たちはみんな一人二十個ずつの夜食用のおにぎり作って持ってくることって言われたの。冗談じゃないわよ、そんなの完全な性差別じゃない。でもまあいつも波風立てるのもどうかと思うから私何も言わずにちゃんとおにぎり二十個作っていったわよ。梅干し入れて海苔まいて。そうしたらあとでなんて言われたと思う？　小林のおにぎりは中に梅干ししか入ってなかった、おかずもついてなかったって言うのよ。他の女の子のは中に鮭やらタラコが入っていたし、玉子焼なんかがついてたりしたんですって。もうアホらしくて声も出なかったわね。革命云々を論じている連中がなんで夜食のおにぎりのことくらいで騒ぎまわらなくちゃならないのよ、いちいち。海苔がまいてあって中に梅干しが入ってりゃ上等じゃないの。インドの子供のこと考えてごらんなさいよ」

僕は笑った。「それでそのクラブはどうしたの？」

「六月にやめたわよ、あんまり頭に来たんで」と緑は言った。「でもこの大学の連中は殆んどインチキよ。みんな自分が何かをわかってないことを人に知られるのが怖くってしょうがなくてビクビクして暮してるのよ。それでみんな同じような本を読んで、みんな同じような言葉ふりまわして、ジョン・コルトレーン聴いたりパゾリーニの映画見たりして感動してるのよ。そういうのが革命なの？」

「さあどうかな。僕は実際に革命を目にしたわけじゃないからなんとも言えないよね」

「こういうのが革命なら、私革命なんていらないわ。私きっとおにぎりに梅干しか入れなかったっていう理由で銃殺されちゃうもの。あなただってきっと銃殺されちゃうわよ。仮定法をきちんと理解してるというような理由で」

「ありうる」と僕は言った。

「ねえ、私にはわかっているのよ。私は庶民だから。革命が起きようが起きまいが、庶民というのはロクでもないところでぼちぼちと生きていくしかないんだっていうことが。革命が何よ？　そんなの役所の名前が変るだけじゃない。でもあの人たちにはそういうのが何もわかってないのよ。あの下らない言葉ふりまわしている人たちには。あなた税務署員って見たことある？」

「ないな」

「私、何度も見たわよ。家の中にずかずか入ってきて威張るの。何、この帳簿？　おたくいい加減な商売やってるねえ。これ本当に経費なの？　領収書見せなさいよ、領収書、なんてね。私たち隅の方にこそっといて、ごはんどきになると特上のお寿司の出前とるの。でもね、うちのお父さんは税金ごまかしたことなんて一度もないのよ。本当よ。あの人そういう人なのよ、昔気質で。それなのに税務署員ってねちねちねちねち文句つけるのよね。収入ちょっと少なすぎるんじゃないの、これって。冗談じゃないわよ。収入が少ないのはもうかってないからでしょうが。そういうの聞いてると私悔しくってね。もっとお金持のところ行ってそういうのやんなさいよってどなりつけたくなってくるのよ。ねえ、もし革命が起ったら税務署員の態度って変ると思う?」

「きわめて疑わしいね」

「じゃあ私、革命なんて信じないわ。私は愛情しか信じないわ」

「ピース」と僕は言った。

「ピース」と緑も言った。

「我々は何処に向っているんだろう、ところで?」と僕は訊いてみた。

「病院よ。お父さんが入院していて、今日いちにち私がつきそってなくちゃいけないの。私の番なの」

「お父さん?」と僕はびっくりして言った。「お父さんはウルグァイに行っちゃったんじゃなかったの?」

「嘘よ、そんなの」と緑はけろりとした顔で言った。「本人は昔からウルグァイに行くんだってわめいてるけど、行けるわけないわよ。本当に東京の外にだってロクに出られないんだから」

「具合はどうなの？」

「はっきり言って時間の問題ね」

我々はしばらく無言のまま歩を運んだ。

「お母さんの病気と同じだからよくわかるのよ。脳腫瘍。信じられる？　二年前にお母さんそれで死んだばかりなのよ。そしたら今度はお父さんが脳腫瘍」

大学病院の中は日曜日というせいもあって見舞客と軽い症状の病人でごたごたと混みあっていた。そしてまぎれもない病院の匂いが漂っていた。消毒薬と見舞いの花束と小便と布団の匂いがひとつになって病院をすっぽりと覆って、看護婦がコツコツと乾いた靴音を立ててその中を歩きまわっていた。

緑の父親は二人部屋の手前のベッドに寝ていた。彼の寝ている姿は深手を負った小動物を思わせた。横向きにぐったりと寝そべり、点滴の針のささった左腕をだらんとのばしたまま身動きひとつしなかった。やせた小柄な男だったが、これからもっとやせてもっと小さくなりそうだという印象を見るものに与えていた。頭には白い包帯がまきつけられ、青白い腕には注射だか点滴の針だかのあとが点々とついていた。彼は半分だけ開けた目で空間の一点をぼんやりと見ていたが、僕が入っていくとその赤く充血した目を少しだけ動かして我々の姿を見た。そして十秒ほど見てからまた空間の一点にその弱々しい視線を戻した。

その目を見ると、この男はもうすぐ死ぬのだということが理解できた。彼の体には生命力というものが殆んど見うけられなかった。そこにあるものはひとつの生命の弱々しい微かな痕跡だった。それは家具やら建具やらを全部運び出されて解体されるのを待っているだけの古びた家屋のようなものだった。乾いた唇のまわりにはまるで雑草のようにまばらに不精髭がはえていた。これほど生命力を失った男にもきちんと髭だけははえてくるんだなと僕は思った。

緑は窓側のベッドに寝ている肉づきの良い中年の男に「こんにちは」と声をかけた。相手はうまくしゃべれないらしくにっこりと肯いただけだった。彼は二、三度咳をしてから枕もとに置いてあった水を飲み、それからもそもそと体を動かして横向けになって窓の外に目をやった。窓の外には電柱と電線が見えた。その他には何も見えなかった。空には雲の姿すらなかった。

「どう、お父さん、元気?」と緑が父親の耳の穴に向ってしゃべりかけた。まるでマイクロフォンのテストをしているようなしゃべり方だった。「どう、今日は?」

父親はもそもそと唇を動かした。〈よくない〉と彼は言った。しゃべるというのではなく、喉の奥にある乾いた空気をとりあえず言葉に出してみたといった風だった。〈あたま〉と彼は言った。

「頭が痛いの？」緑が訊いた。

〈そう〉と父親が言った。四音節以上の言葉はうまくしゃべれないらしかった。

「まあ仕方ないわね。手術の直後だからそりゃ痛むわよ。可哀そうだけど、もう少し我慢しなさい」と緑は言った。「この人ワタナベ君。私のお友だち」

はじめまして、と僕は言った。父親は半分唇を開き、そして閉じた。

「そこに座っててよ」と緑はベッドの足もとにある丸いビニールの椅子を指した。僕は言われたとおりそこに腰を下ろした。緑は父親に水さしの水を少し飲ませ、果物かフルーツ・ゼリーを食べたくないかと訊いた。〈いらない〉と父親は言った。でも少し食べなきゃ駄目よと緑が言うと、〈食べた〉と彼は答えた。

ベッドの枕もとには物入れを兼ねた小テーブルのようなものがあって、そこには水さしやコップや皿や小さな時計がのっていた。緑はその下に置いてあった大きな紙袋の中から寝巻の着がえや下着やその他細々としたものをとり出して整理し、入口のわきにあるロッカーの中にいれた。紙袋の底の方には病人のための食べものが入っていた。グレープフルーツが二個とフルーツ・ゼリーとキウリが三本。

「キウリ?」と緑がびっくりしたようなあきれた声を出した。「なんでまたキウリなんてものがここにあるのよ? まったくお姉さん何を考えているのかしらね。想像もつかないわよ。ちゃんと買物はこれこれやっといてくれって電話で言ったのに。キウリ買ってくれなんて言わなかったわよ、私」

「キウイと聞きまちがえたんじゃないかな」と僕は言ってみた。

緑はぱちんと指を鳴らした。「たしかに私、キウイって頼んだわよ。それよね。でも考えりゃわかるじゃない? なんで病人が生のキウリをかじるのよ? お父さん、キウリ食べたい?」

〈いらない〉と父親は言った。

緑は枕もとに座って父親にいろんな細々した話をした。TVの映りがわるくなって修理を呼んだとか、高井戸のおばさんが二、三日のうちに一度見舞にくるって言ってたとか、薬局の宮脇さんがバイクに乗ってて転んだとか、そういう話だった。父親はそんな話に対して〈うん〉〈うん〉と返事をしているだけだった。

「本当に何か食べたくない、お父さん?」

〈いらない〉と父親は答えた。

「ワタナベ君、グレープフルーツ食べない？」

「いらない」と僕も答えた。

少しあとで緑は僕を誘ってTV室に行き、そこのソファーに座って煙草を一本吸った。TV室ではパジャマ姿の病人が三人でやはり煙草を吸いながら政治討論会のような番組を見ていた。

「ねえ、あそこの松葉杖持ってるおじさん、私の脚をさっきからちらちら見てるのよ。あのブルーのパジャマの眼鏡のおじさん」と緑は楽しそうに言った。

「そりゃ見るさ。そんなスカートはいてりゃみんな見るさ」

「でもいいじゃない。どうせみんな退屈してんだろうし、たまには若い女の子の脚見るのもいいものよ。興奮して回復が早まるんじゃないかしら」

「逆にならなきゃいいけど」と僕は言った。

緑はしばらくまっすぐ立ちのぼる煙草の煙を眺めていた。

「お父さんのことだけどね」緑は言った。「あの人、悪い人じゃないのよ。ときどきひどいこと言うから頭にくるけど、少くとも根は正直な人だし、お母さんのことを心から愛していたわ。それにあの人はあの人なりに一所懸命生きてきたのよ。性格もいささか弱いところがあったし、商売の才覚もなかったし、人望もなかったけど、でもうそばかりついて要領よくたちまわってるまわりの小賢しい連中に比べたらずっとまともな人よ。私も言いだすとあとに引かない性格だから、二人でしょっちゅう喧嘩してたけどね。でも悪い人じゃないのよ」

緑は何か道に落ちていたものでも拾うみたいに僕の手をとって、自分の膝の上に置いた。僕の手の半分はスカートの布地の上に、あとの半分は太腿の上にのっていた。彼女はしばらく僕の顔を見ていた。

「あのね、ワタナベ君、こんなところで悪いんだけど、もう少し私と一緒にここにいてくれる？」

「五時までは大丈夫だからずっといるよ」と僕は言った。「君と一緒にいるのは楽しいし、他に何もやることもないもの」

「日曜日はいつも何をしているの？」

「洗濯」と僕は言った。「そしてアイロンがけ」

「ワタナベ君、私にその女の人のことあまりしゃべりたくないんでしょ？　そのつきあっている人のこと」

「そうだね。あまりしゃべりたくないね。つまり複雑だし、うまく説明できそうにないし」

「いいわよべつに。説明しなくても」と緑は言った。「でも私の想像してることちょっと言ってみていいかしら？」

「どうぞ。君の想像することって、面白そうだから是非聞いてみたいね」

「私はワタナベ君のつきあっている相手は人妻だと思うの」

「ふむ」と僕は言った。

「三十二か三くらいの綺麗なお金持の奥さんで、毛皮のコートとかシャルル・ジュールダンの靴とか絹の下着とか、そういうタイプでおまけにものすごくセックスに飢えてるの。そしてものすごくいやらしいことをするの。平日の昼下がりに、ワタナベ君と二人で体を貪りあうの。でも日曜日は御主人が家にいるからあなたと会えないの。違う？」

「なかなか面白い線をついてるね」と僕は言った。

「きっと体を縛らせて、目かくしさせて、体を隅から隅までぺろぺろと舐めさせたりするのよね。それからほら、変なものを入れさせたり、アクロバットみたいな格好をしたり、そういうところをポラロイド・カメラで撮ったりもするの」

「楽しそうだな」

「ものすごく飢えてるからもうやれることはなんだってやっちゃうの。彼女は毎日毎日考えをめぐらせているわけ。何しろ暇だから。今度ワタナベ君が来たらこんなこともしよう、あんなこともしようってね。そしてベッドに入ると貪欲にいろんな体位で三回くらいイッちゃうの。そしてワタナベ君にこう言うの。『どう、私の体って凄いでしょ？　あなたもう若い女の子なんかじゃ満足できないわよ。ほら、若い子がこんなことやってくれる？　どう？　感じる？　でも駄目よ、まだ出しちゃ』なんてね」

「君はポルノ映画を見すぎていると思うね」と僕は笑って言った。

「やっぱりそうかなあ」と緑は言った。「でも私、ポルノ映画って大好きなの。今度一緒に見にいかない？」

「いいよ。君が暇なときに一緒に行こう」

「本当？　すごく楽しみ。ＳＭのやつに行きましょうね。ムチでばしばし打ったり、女の子にみんなの前でおしっこさせたりするやつ。私あの手のが大好きなの」

「いいよ」

「ねえワタナベ君、ポルノ映画館で私がいちばん好きなもの何か知ってる？」

「さあ見当もつかないね」

「あのね、セックス・シーンになるとね、まわりの人がみんなゴクンって唾を呑みこむ音が聞こえるの」と緑は言った。「そのゴクンっていう音が大好きなの、私。とても可愛いくって」

病室に戻ると緑はまた父親に向っていろんな話をし、父親の方は〈ああ〉とか〈うん〉とあいづちを打ったり、何も言わずに黙っていたりした。十一時頃隣りのベッドで寝ている男の奥さんがやってきて、夫の寝巻をとりかえたり果物をむいてやったりした。丸顔の人の好さそうな奥さんで、緑と二人でいろいろと世間話をした。看護婦がやってきて点滴の瓶を新しいものととりかえ、緑と隣りの奥さんと少し話をしてから帰っていった。そのあいだ僕は何をするともなく部屋の中をぼんやりと眺めまわしたり、窓の外の電線を見たりしていた。ときどき雀がやってきて電線にとまった。緑は父親に話しかけ、汗を拭いてやったり、痰をとってやったり、隣りの奥さんや看護婦と話したり、僕にいろいろ話しかけたり、点滴の具合をチェックしたりしていた。

十一時半に医師の回診があったので、僕と緑は廊下に出て待っていた。医者が出てくると、緑は「ねえ先生、どんな具合ですか？」と訊ねた。

「手術後まもないし痛み止めの処置してあるから、まあ相当消耗はしてるよな」と医者は言った。「手術の結果はあと二、三日経たんことにはわからんよね、私にも。うまく行けばうまく行くし、うまく行かんかったらまたその時点で考えよう」

「また頭開くんじゃないでしょうね？」

「それはそのときでなくちゃなんとも言えんよな」と医者は言った。「おい今日はえらい短かいスカートはいてるじゃないか」

「素敵でしょ？」

「でも階段上るときどうするんだ、それ？」と医者が質問した。

「何もしませんよ。ばっちり見せちゃうの」と緑が言って、うしろの看護婦がくすくす笑った。

「君、そのうちに一度入院して頭を開いて見てもらった方がいいぜ」とあきれたように医者が言った。「それからこの病院の中じゃなるべくエレベーターを使ってくれよな。これ以上病人増やしたくないから。最近ただでさえ忙しいんだから」

回診が終って少しすると食事の時間になった。看護婦がワゴンに食事をのせて病室から病室へと配ってまわった。緑の父親のものはポタージュ・スープとフルーツとやわらかく煮て骨をとった魚と、野菜をすりつぶしてゼリー状にしたようなものだった。緑は父親をあおむけに寝かせ足もとのハンドルをぐるぐるとまわしてベッドを上に起こし、スプーンでスープをすくって飲ませた。父親は五、六口飲んでから顔をそむけるようにして〈いらない〉と言った。

「これくらい、食べなくちゃ駄目よ、あなた」と緑は言った。

父親は〈あとで〉と言った。

「しようがないわねえ。ごはんちゃんと食べないと元気出ないわよ」と緑が言った。「おしっこはまだ大丈夫？」

〈ああ〉と父親は答えた。

「ねえワタナベ君、私たち下の食堂にごはん食べに行かない？」と緑が言った。

いいよ、と僕は言ったが、正直なところ何かを食べたいという気にはあまりなれなかった。食堂は医者やら看護婦やら見舞い客やらでごったがえしていた。窓がひとつもない地下のがらんとしたホールに椅子とテーブルがずらりと並んでいて、そこでみんなが食事をとりながら口ぐちに何かをしゃべっていて——たぶん病気の話だろう——それが地下道の中みたいにわんわんと響いていた。ときどきそんな響きを圧して、医者や看護婦を呼びだす放送が流れた。僕がテーブルを確保しているあいだに、緑が二人分の定食をアルミニウムの盆にのせて運んできてくれた。クリーム・コロッケとポテト・サラダとキャベツのせん切りと煮物とごはんと味噌汁という定食が病人用のものと同じ白いプラスチックの食器に盛られて並んでいた。僕は半分ほど食べてあとを残した。緑はおいしそうに全部食べてしまった。

「ワタナベ君、あまりおなかすいてないの？」と緑が熱いお茶をすすりながら言った。

「うん、あまりね」と僕は言った。

「病院のせいよ」と緑はぐるりを見まわしながら言った。「馴れない人はみんなそうなの。匂い、音、どんよりとした空気、病人の顔、緊張感、苛立ち、失望、苦痛、疲労――そういうもののせいなのよ。そういうものが胃をしめつけて人の食欲をなくさせるのよ。でも馴れちゃえばそんなのどうってことないのよ。それにごはんしっかり食べておかなきゃ看病なんてとてもできないわよ。本当よ。私おじいさん、おばあさん、お母さん、お父さんと四人看病してきたからよく知ってるのよ。何かあって次のごはんが食べられないことだってあるんだから。だから食べられるときにきちんと食べておかなきゃ駄目なのよ」

「君の言ってることはわかるよ」と僕は言った。

「親戚の人が見舞いに来てくれて一緒にここでごはんを食べるでしょ、するとみんなやはり半分くらい残すのよ、あなたと同じように。でね、私がペロッと食べちゃうと『ミドリちゃんは元気でいいわねえ。あたしなんかもう胸いっぱいでごはん食べられないわよ』って言うの。でもね、看病をしてるのはこの私なのよ。冗談じゃないわよ。他の人はたまに来て同情するだけじゃない。ウンコの世話したり痰をとったり体拭いてあげたりするのはこの私なのよ。同情するだけでウンコがかたづくんなら、私みんなの五十倍くらい同情しちゃうわよ。それなのに私がごはんを全部食べるとみんな私のことを非難がましい目で見て『ミドリちゃんは元気でいいわねえ』だもの。みんなは私のことを荷車引いてるロバか何かみたいに思ってるのかしら。いい年をした人たちなのにどうしてみんな世の中のしくみってものがわかんないのかしら、あの人たち？　口でなんてなんとでも言えるのよ。大事なのはウンコをかたづけるかかたづけないかなのよ。私だって傷つくことはあるのよ。私だってヘトヘトになることはあるのよ。私だって泣きたくなることあるのよ。なおる見こみもないのに医者がよってたかって頭切って開いていじくりまわして、それを何度もくりかえし、くりかえすたびに悪くなって、頭がだんだんおかしくなっていって、そういうの目の前でずっと見ててごらんなさいよ、たまらないわよ、そんなの。おまけに貯えはだんだん乏しくなってくるし、私だってあと三年半大学に通えるかどうかもわかんないし、お姉さんだってこんな状態じゃ結婚式だってあげられないし」

「君は週に何日くらいここに来てるの？」と僕は訊いてみた。

「四日くらいね」と緑は言った。「ここは一応完全看護がたてまえなんだけれど実際には看護婦さんだけじゃまかないきれないのよ。あの人たち本当によくやってくれるわよ、でも数は足りないし、やんなきゃいけないことが多すぎるのよ。だからどうしても家族がつかざるを得ないのよ、ある程度。お姉さんは店をみなくちゃいけないし、大学の授業のあいまをぬって私が来なきゃしかたないでしょ。お姉さんがそれでも週に三日来て、私が四日くらい。そしてその寸暇を利用してデートしてるの、私たち。過密スケジュールよ」

「そんなに忙しいのに、どうしてよく僕に会うの？」

「あなたと一緒にいるのが好きだからよ」と緑は空のプラスチックの湯のみ茶碗をいじりまわしながら言った。

「二時間ばかり一人でそのへん散歩してきなよ」と僕は言った。「僕がしばらくお父さんのこと見ててやるから」

「どうして？」

「少し病院を離れて、一人でのんびりしてきた方がいいよ。誰とも口きかないで頭の中を空っぽにしてさ」

緑は少し考えていたが、やがて肯いた。「そうね。そうかもしれないわね。でもあなたやり方わかるの？　世話のしかた」

「見てたからだいたいはわかると思うよ。点滴をチェックして、水を飲ませて、汗を拭いて、痰をとって、しびんはベッドの下にあって、腹が減ったら昼食の残りを食べさせる。その他わからないことは看護婦さんに訊く」

「それだけわかってりゃまあ大丈夫ね」と緑は微笑んで言った。「ただね、あの人今ちょっと頭がおかしくなり始めてるからときどき変なこと言いだすのよ。なんだかよくわけのわからないことを。もしそういうこと言ってもあまり気にしないでね」

「大丈夫だよ」と僕は言った。

病室に戻ると緑は父親に向って自分は用があるのでちょっと外出してくる、そのあいだこの人が面倒を見るからと言った。父親はそれについてはとくに感想は持たなかったようだった。あるいは緑の言ったことを全く理解してなかったのかもしれない。彼はあおむけになって、じっと天井を見つめていた。ときどきまばたきしなければ、死んでいると言っても通りそうだった。目は酔払ったみたいに赤く血ばしっていて、深く息をすると鼻がかすかに膨んだ。彼はもうぴくりとも動かず、緑が話しかけても返事をしようとはしなかった。彼がその混濁した意識の底で何を想い何を考えているのか、僕には見当もつかなかった。

緑が行ってしまったあとで僕は彼に何か話しかけてみようかとも思ったが、何をどう言えばいいのかわからなかったので、結局黙っていた。するとそのうちに彼は目を閉じて眠ってしまった。僕は枕もとの椅子に座って、彼がこのまま死んでしまわないようにと祈りながら、鼻がときどきぴくぴくと動く様を観察していた。そしてもし僕がつきそっているときにこの男が息を引きとってしまったらそれは妙なものだろうなと思った。だって僕はこの男にさっきはじめて会ったばかりだし、この男と僕を結びつけているのは緑だけで、緑と僕は「演劇史II」で同じクラスだというだけの関係にすぎないのだ。

しかし彼は死にかけてはいなかった。ただぐっすりと眠っているだけだった。耳を顔に近づけると微かな寝息が聞こえた。それで僕は安心して隣りの奥さんと話をした。彼女は僕のことを緑の恋人だと思っているらしく、僕にずっと緑の話をしてくれた。

「あの子、本当に良い子よ」と彼女は言った。「とてもよくお父さんの面倒をみてるし、親切でやさしいし、よく気がつくし、しっかりしてるし、おまけに綺麗だし。あなた、大事にしなきゃ駄目よ。放しちゃだめよ。なかなかあんな子いないんだから」

「大事にします」と僕は適当に答えておいた。

「うちには二十一の娘と十七の息子がいるけど、病院になんて来やしないわよ。休みになるとサーフィンだ、デートだ、なんだかんだってどこかに遊びに行っちゃってね。ひどいもんよねえ。おこづかいしぼれるだけしぼりとって、あとはポイだもん」

一時半になると奥さんはちょっと買物してくるからと言って病室を出て行った。病人は二人ともぐっすりと眠っていた。午後の穏かな日差しが部屋の中にたっぷりと入りこんでいて、僕も丸椅子の上で思わず眠り込んでしまいそうだった。窓辺のテーブルの上には白と黄色の菊の花が花瓶にいけられていて、今は秋なのだと人々に教えていた。病室には手つかずで残された昼食の煮魚の甘い匂いが漂っていた。看護婦たちはあいかわらずコツコツという音を立てて廊下を歩きまわり、はっきりとしたよく通る声で会話をかわしていた。彼女たちはときどき病室にやってきて、患者が二人ともぐっすり眠っているのを見ると、僕に向ってにっこりと微笑んでから姿を消した。何か読むものがあればと思ったが、病室には本も雑誌も新聞も何もなかった。カレンダーが壁にかかっているだけだった。

僕は直子のことを考えた。髪どめしかつけていない直子の裸体のことを考えた。腰のくびれと陰毛のかげりのことを考えた。どうして彼女は僕の前で裸になったりしたのだろう？　あのとき直子は夢遊状態にあったのだろうか？　それともあれは僕の幻想にすぎなかったのだろうか？　時間が過ぎ、あの小さな世界から遠く離れれば離れるほど、その夜の出来事が本当にあったことなのかどうか僕にはだんだんわからなくなってきていた。本当にあったことなんだと思えばたしかにそうだという気がしたし、幻想なんだと思えば幻想であるような気がした。幻想であるにしてはあまりにも細部がくっきりとしていたし、本当の出来事にしては全てが美しすぎた。あの直子の体も月の光も。

緑の父親が突然目を覚まして咳をはじめたので、僕の思考はそこで中断した。僕はティッシュ・ペーパーで痰を取ってやり、タオルで額の汗を拭いた。

「水飲みますか？」と僕が訊くと、彼は四ミリくらい肯いた。小さなガラスの水さしで少しずつゆっくり飲ませると、乾いた唇が震え、喉がぴくぴくと動いた。彼は水さしの中のなまぬるそうな水を全部飲んだ。

「もっと飲みますか?」と僕は訊いた。彼は何か言おうとしているようなので、僕は耳を寄せてみた。〈もういい〉と彼は乾いた小さな声で言った。その声はさっきよりもっと乾いて、もっと小さくなっていた。

「何か食べませんか? 腹減ったでしょう?」と僕は訊いた。父親はまた小さく肯いた。僕は緑がやっていたようにハンドルをまわしてベッドを起こし、野菜のゼリーと煮魚をスプーンでかわりばんこにひと口ずつすくって食べさせた。すごく長い時間をかけてその半分ほどを食べてから、もういいという風に彼は首を小さく横に振った。頭を大きく動かすと痛みがあるらしく、ほんのちょっとしか動かさなかった。フルーツはどうするかと訊くと彼は〈いらない〉と言った。僕はタオルで口もとを拭き、ベッドを水平に戻し、食器を廊下に出しておいた。

「うまかったですか?」と僕は訊いてみた。

〈まずい〉と彼は言った。

「うん、たしかにあまりうまそうな代物ではないですね」と僕は笑って言った。父親は何も言わずに、閉じようか開けようか迷っているような目でじっと僕を見ていた。この男は僕が誰だかわかっているのかなと僕はふと思った。彼はなんとなく緑といるときより僕と二人になっているときの方がリラックスしているように見えたからだ。あるいは僕のことを他の誰かと間違えているのかもしれなかった。もしそうだとすれば僕にとってはその方が有難かった。

「外は良い天気ですよ、すごく」と僕は丸椅子に座って脚を組んで言った。「秋で、日曜日で、お天気で、どこに行っても人でいっぱいですよ。そういう日にはこんな風に部屋の中でのんびりしてるのがいちばんですね、疲れないですむし。混んだところに行ったって疲れるだけだし、空気もわるいし。僕は日曜日にはだいたい洗濯するんです。朝に洗って、寮の屋上に干して、夕方前にとりこんでせっせとアイロンをかけます。アイロンかけるの嫌いじゃないですね、僕は。くしゃくしゃのものがまっすぐになるのって、なかなかいいもんですよ、あれ。僕アイロンがけ、わりに上手いんです。最初のうちはもちろん上手くいかなかったですよ、なかなか。ほら、筋だらけになっちゃったりしてね。でも一ヵ月やってりゃ馴れちゃいました。そんなわけで日曜日は洗濯とアイロンがけの日なんです。今日はできませんでしたけどね。残念ですね、こんな絶好の洗濯日和なのにね。

でも大丈夫ですよ。朝早く起きて明日やりますから。べつに気にしなくっていいです。日曜日ったって他にやること何もないんですから。

明日の朝洗濯して干してから、十時の講義に出ます。この講義はミドリさんと一緒なんです。『演劇史Ⅱ』で、今はエウリピデスをやっています。エウリピデス知ってますか？昔のギリシャ人で、アイスキュロス、ソフォクレスとならんでギリシャ悲劇のビッグ・スリーと言われています。最後はマケドニアで犬に食われて死んだということになっていますが、これには異説もあります。これがエウリピデスです。僕はソフォクレスの方が好きですけどね、まあこれは好みの問題でしょうね。だからなんとも言えないです。

彼の芝居の特徴はいろんな物事がぐしゃぐしゃに混乱して身動きがとれなくなってしまうことなんです。わかります？　いろんな人が出てきて、そのそれぞれにそれぞれの事情と理由と言いぶんがあって、誰もがそれなりの正義と幸福を追求しているわけです。そしてそのおかげで全員がにっちもさっちもいかなくなっちゃうんです。そりゃそうですよね。みんなの正義がとおって、みんなの幸福が達成されるということは原理的にありえないですからね、だからどうしようもないカオスがやってくるわけです。それでどうなると思います？　これがまた実に簡単な話で、最後に神様が出てくるんです。そして交通整理するんです。お前あっち行け、お前こっち来い、お前あれと一緒になれ、お前そこでしばらくじっとしてろっていう風に。フィクサーみたいなもんですね。そして全てはぴたっと解決します。これはデウス・エクス・マキナと呼ばれています。エウリピデスの芝居にはしょっちゅうこのデウス・エクス・マキナが出てきて、そのあたりでエウリピデスの評価がわかれるわけです。しかしもし現実の世界にこういうデウス・エクス・マキナというのがあったとしたら、これは楽でしょうね。困ったな、身動きとれないなと思ったら神様が上からするすると降りてきて全部処理してくれるわけですからね。こんな楽なことはない。でもまあとにかくこれが『演劇史II』です。我々はまあだいたい大学でこういうことを勉強してます」

僕がしゃべっているあいだ緑の父親は何も言わずにぼんやりとした目で僕を見ていた。僕のしゃべっていることを彼がいささかなりとも理解しているのかどうかその目からは判断できなかった。

「ピース」と僕は言った。

それだけしゃべってしまうと、ひどく腹が減ってきた。朝食を殆んど食べなかったうえに、昼の定食も半分残してしまったからだ。僕は昼をきちんと食べておかなかったことをひどく後悔したが、後悔してどうなるというものでもなかった。何か食べものがないかと物入れの中を探してみたが、海苔の缶とヴィックス・ドロップと醬油があるだけだった。紙袋の中にはキウリとグレープフルーツがあった。

「腹が減ったんでキウリ食べちゃいますけどかまいませんかね」と僕は訊ねた。

緑の父親は何も言わなかった。僕は洗面所で三本のキウリを洗った。そして皿に醬油を少し入れ、キウリに海苔を巻き、醬油をつけてぽりぽりと食べた。

「うまいですよ」と僕は言った。「シンプルで、新鮮で、生命の香りがします。いいキウリですね。キウイなんかよりずっとまともな食いものです」

僕は一本食べてしまうと次の一本にとりかかった。ぽりぽりというとても気持の良い音が病室に響きわたった。キウリを丸ごと二本食べてしまうと僕はやっと一息ついた。そして廊下にあるガス・コンロで湯をわかし、お茶を入れて飲んだ。

「水かジュース飲みますか?」と僕は訊いてみた。

〈キウリ〉と彼は言った。

僕はにっこり笑った。「いいですよ。海苔つけますか?」

彼は小さく肯いた。僕はまたベッドを起こし、果物ナイフで食べやすい大きさに切ったキウリに海苔を巻き、醬油をつけ、楊子に刺して口に運んでやった。彼は殆んど表情を変えずにそれを何度も何度も嚙み、そして呑みこんだ。

「どうです? うまいでしょう?」と僕は訊いてみた。

〈うまい〉と彼は言った。

「食べものがうまいっていいもんです。生きている証しのようなもんです」

結局彼はキウリを一本食べてしまった。キウリを食べてしまうと水を飲みたがったので、僕はまた水さしで飲ませてやった。水を飲んで少しすると小便をしたいと言ったので、僕はベッドの下からしびんを出し、その口をペニスの先にあててやった。僕は便所に行って小便を捨て、しびんを水で洗った。そして病室に戻ってお茶の残りを飲んだ。

「気分どうですか？」と僕は訊いてみた。

〈すこし〉と彼は言った。〈アタマ〉

「頭が少し痛むんですか？」

そうだ、というように彼は少し顔をしかめた。

「まあ手術のあとだから仕方ありませんよね。僕は手術なんてしたことないからどういうもんだかよくわからないけれど」

〈キップ〉と彼は言った。

「切符？　なんの切符ですか？」

〈ミドリ〉と彼は言った。〈キップ〉

何のことかよくわからなかったので僕は黙っていた。彼もしばらく黙っていた。それから〈タノム〉と言った。「頼む」ということらしかった。彼はしっかりと目を開けてじっと僕の顔を見ていた。彼は僕に何かを伝えたがっているようだったが、その内容は僕には見当もつかなかった。

〈ウエノ〉と彼は言った。〈ミドリ〉

「上野駅ですか？」

彼は小さく肯いた。

「切符・緑・頼む・上野駅」と僕はまとめてみた。でも意味はさっぱりわからなかった。たぶん意識が混濁して錯綜しているのだろうと僕は思ったが、目つきがさっきに比べていやにしっかりしていた。彼は点滴の針がささっていない方の手を上げて僕の方にのばした。そうするにはかなりの力が必要であるらしく、手は空中でぴくぴくと震えていた。僕は立ちあがってそのくしゃくしゃとした手を握った。彼は弱々しく僕の手を握りかえし、〈タノム〉とくりかえした。

切符のことも緑さんもちゃんとしますから大丈夫です、心配しなくてもいいですよ、と僕が言うと彼は手を下におろし、ぐったりと目を閉じた。そして寝息を立てて眠った。僕は彼が死んでいないことをたしかめてから外に出て湯をわかし、またお茶を飲んだ。そして自分がこの死にかけている小柄な男に対して好感のようなものを抱いていることに気づいた。

少しあとで隣りの奥さんが戻ってきて大丈夫だった？　と僕に訊ねた。ええ大丈夫ですよ、と僕は答えた。彼女の夫もすうすうと寝息を立てて平和そうに眠っていた。

緑は三時すぎに戻ってきた。

「公園でぼおっとしてたの」と彼女は言った。「あなたに言われたように、一人で何もしゃべらずに、頭の中を空っぽにして」

「どうだった？」

「ありがとう。とても楽になったような気がするわ。まだ少しだるいけれど、前に比べるとずいぶん体が軽くなったもの。私、自分自身で思っているより疲れてたみたいね」

父親はぐっすり眠っていたし、とくにやることもなかったので、我々は自動販売機のコーヒーを買ってTV室で飲んだ。そして僕は緑に、彼女のいないあいだに起った出来事をひとつひとつ報告した。ぐっすり眠って起きて、昼食の残りを半分食べ、僕がキウリをかじっていると食べたいと言って一本食べ、小便して眠った、と。

「ワタナベ君、あなたってすごいわねえ」と緑は感心して言った。「あの人ものを食べなくてそれでみんなすごく苦労してるのに、キウリまで食べさせちゃうんだもの。信じられないわね、もう」

「よくわからないけれど、僕がおいしそうにキウリを食べてたせいじゃないかな」と僕は言った。

「それともあなたには人をほっとさせる能力のようなものがあるのかしら?」

「まさか」と言って僕は笑った。「逆のことを言う人間はいっぱいいるけれどね」

「お父さんのことどう思った?」

「僕は好きだよ。とくに何を話したってわけじゃないけれど、でもなんとなく良さそうな人だっていう気はしたね」

「おとなしかった?」

「とても」

「でもね一週間前は本当にひどかったのよ」と緑は頭を振りながら言った。「ちょっと頭がおかしくなっててね、暴れたの。私にコップを投げつけてね、馬鹿野郎、お前なんか死んじまえって言ったの。この病気ってときどきそういうことがあるの。どうしてだかわからないけれど、ある時点でものすごく意地わるくなるの。お母さんのときもそうだったわ。お母さんが私に向ってなんて言ったと思う? お前は私の子じゃないし、お前のことなんか大嫌いだって言ったのよ。私、目の前が一瞬まっ暗になっちゃった。そういうのって、この病気の特徴なのよ。何かが脳のどこかを圧迫して、人を苛立たせて、それであることないこと言わせるのよ。それはわかっているの、私にも。でもわかっていても傷つくわよ、やはり。これだけ一所懸命やっていて、その上なんでこんなこと言われなきゃならないんだってね。情なくなっちゃうの」

「わかるよ、それは」と僕は言った。それから僕は緑の父親がわけのわからないことを言ったのを思いだした。

「切符？　上野駅？」と緑は言った。「なんのことかしら？　よくわからないわね」

「それから〈頼む〉〈ミドリ〉って」

「それは私のことを頼むって言ったんじゃないの？」

「あるいは君に上野駅に切符を買いにいってもらいたいのかもしれないよ」と僕は言った。「とにかくその四つの言葉の順番がぐしゃぐしゃだから意味がよくわからないんだ。上野駅で何か思いあたることない？」

「上野駅……」と言って緑は考えこんだ。「上野駅で思いだせるといえば私が二回家出したことね。小学校三年のときと五年のときで、どちらのときも上野から電車に乗って福島まで行ったの。レジからお金とって。何かで頭に来て、腹いせでやったのよ。福島に伯母の家があって、私その伯母のことわりに好きだったんで、そこに行ったのよ。そうするとお父さんが私を連れて帰るの。福島まで来て。二人で電車に乗ってお弁当を食べながら上野まで帰るのよ。そういうときね、お父さんはすごくボツボツとだけれど、私にいろんなこと話してくれるの。関東大震災のときの話だとか、戦争のときの話だとか、私が生まれた頃の話だとか、そういう普段あまりしたことないような話ね。考えてみたら私とお父さんが二人きりでゆっくり話したのなんてそのときくらいだったわね。ねえ、信じられる？ うちのお父さん、関東大震災のとき東京のどまん中にいて地震のあったことすら気がつかなかったのよ」

「まさか」と僕は唖然として言った。

「本当なのよ、それ。お父さんはそのとき自転車にリヤカーつけて小石川のあたり走ってたんだけど、何も感じなかったんですって。家に帰ったらそのへんの瓦がみんな落ちて、家族は柱にしがみついてガタガタ震えてたの。それでお父さんはわけわからなくて『何やってるんだ、いったい？』って訊いたんだって。それがお父さんの関東大震災の思い出話」緑はそう言って笑った。「お父さんの思い出話ってみんなそんな風なの。全然ドラマティックじゃないのね。みんなどこかずれてるのよ、コロッて。そういう話を聞いているとね、この五十年か六十年くらい日本にはたいした事件なんか何ひとつ起らなかったような気になってくるの。二・二六事件にしても太平洋戦争にしても、そう言えばそういうのあったっけなあっていう感じなの。おかしいでしょ？

そういう話をボツボツとしてくれるの。福島から上野に戻るあいだ。そして最後にいつもこういうの。どこいったって同じだぞ、ミドリって。そう言われるとね、子供心にそうなのかなあって思ったわよ」

「それが上野駅の思い出話？」

「そうよ」と緑は言った。「ワタナベ君は家出したことある？」

「ないね」

「どうして？」

「思いつかなかったんだよ。家出するなんて」

「あなたって変ってるわね」と緑は首をひねりながら感心したように言った。

「そうかな」と僕は言った。

「でもとにかくお父さんはあなたに私のことを頼むって言いたかったんだと思うわよ」

「本当？」

「本当よ。私にはそういうのよくわかるの、直感的に。で、あなたなんて答えたの？」

「よくわかんないから、心配ない、大丈夫、緑さんも切符もちゃんとやるから大丈夫ですって言っといたけど」

「じゃあお父さんにそう約束したのね？　私の面倒みるって？」緑はそう言って真剣な顔つきで僕の目をのぞきこんだ。

「そうじゃないよ」と僕はあわてて言いわけした。「何がなんだかそのときよくわからなかったし——」

「大丈夫よ、冗談だから。ちょっとからかっただけよ」緑はそう言って笑った。「あなたってそういうところすごく可愛いのね」

コーヒーを飲んでしまうと僕と緑は病室に戻った。父親はまだぐっすりと眠っていた。耳を近づけると小さな寝息が聞こえた。午後が深まるにつれて窓の外の光はいかにも秋らしいやわらかな物静かな色に変化していった。鳥の群れがやってきて電線にとまり、そして去っていった。僕と緑は部屋の隅に二人で並んで座って、小さな声でいろんな話をした。彼女は僕の手相を見て、あなたは百五歳まで生きて三回結婚して交通事故で死ぬと予言した。悪くない人生だな、と僕は言った。

四時すぎに父親が目をさますと、緑は枕もとに座って、汗を拭いたり、水を飲ませたり頭の痛みのことを訊いたりした。看護婦がやってきて熱を測り、小便の回数をチェックし点滴の具合をたしかめた。僕はＴＶ室のソファーに座ってサッカー中継を少し見た。

「そろそろ行くよ」と五時に僕は言った。それから父親に向って「今からアルバイトに行かなきゃならないんです」と説明した。「六時から十時半まで新宿でレコード売るんです」

彼は僕の方に目を向けて小さく肯いた。

「ねえ、ワタナベ君。私今あまりうまく言えないんだけれど、今日のことすごく感謝してるのよ。ありがとう」と玄関のロビーで緑が僕に言った。

「それほどのことは何もしてないよ」と僕は言った。「でももし僕で役に立つのならまた来週も来るよ。君のお父さんにももう一度会いたいしね」

「本当？」

「どうせ寮にいたってたいしてやることもないし、ここにくればキウリも食べられる」

緑は腕組みをして、靴のかかとでリノリウムの床をとんとんと叩いていた。

「今度また二人でお酒飲みに行きたいな」と彼女はちょっと首をかしげるようにして言った。

「ポルノ映画は？」

「ポルノ見てからお酒飲むの」と緑は言った。「そしていつものように二人でいっぱいいやらしい話をするの」

「僕はしてないよ。君がしてるんだ」と僕は抗議した。

「どっちだっていいわよ。とにかくそういう話をしながらいっぱいお酒飲んでぐでんぐでんに酔払って、一緒に抱きあって寝るの」

「そのあとはだいたい想像つくね」と僕はため息をついて言った。「僕がやろうとすると、君が拒否するんだろう？」

「ふふん」と彼女は言った。

「まあとにかくまた今朝みたいに朝迎えに来てくれよ、来週の日曜日に。一緒にここに来よう」

「もう少し長いスカートはいて？」

「そう」と僕は言った。


でも結局その翌週の日曜日、僕は病院に行かなかった。緑の父親が金曜日の朝に亡くなってしまったからだ。

その朝の六時半に緑が僕に電話で、それを知らせた。電話がかかってきていることを教えるブザーが鳴って、僕はパジャマの上にカーディガンを羽織ってロビーに降り、電話をとった。冷たい雨が音もなく降っていた。お父さんさっき死んじゃったの、と小さな静かな声で緑が言った。何かできることあるかな、と僕は訊いてみた。

「ありがとう。大丈夫よ」と緑は言った。「私たちお葬式には馴れてるの。ただあなたに知らせたかっただけなの」

彼女はため息のようなものをついた。

「お葬式には来ないでね。私あれ嫌いなの。ああいうところであなたに会いたくないの」

「わかった」と僕は言った。

「本当にポルノ映画につれてってくれる？」

「もちろん」

「すごくいやらしいやつよ」

「ちゃんと探しておくよ、そういうのを」

「うん。私の方から連絡するわ」と緑は言った。そして電話を切った。


しかしそれ以来一週間、彼女からは何の連絡もなかった。大学の教室でも会わなかったし、電話もかかってこなかった。寮に帰るたびに僕への伝言メモがないかと気にして見ていたのだが、僕への電話はただの一本もかかってはこなかった。僕はある夜、約束を果すために緑のことを考えながらマスターベーションをしてみたのだったがどうもうまくいかなかった。仕方なく途中で直子に切りかえてみたのだが、直子のイメージも今回はあまり助けにならなかった。それでなんとなく馬鹿馬鹿しくなってやめてしまった。そしてウィスキーを飲んで、歯を磨いて寝た。

＊

日曜日の朝、僕は直子に手紙を書いた。僕は手紙の中で緑の父親のことを書いた。僕はその同じクラスの女の子の父親の見舞いに行って余ったキウリをかじった。すると彼もそれを欲しがってぽりぽりと食べた。でも結局その五日後の朝に彼は亡くなってしまった。僕は彼がキウリを嚙むときのポリ、ポリという小さな音を今でもよく覚えている。人の死というものは小さな奇妙な思い出をあとに残していくものだ、と。

朝目を覚ますと僕はベッドの中で君とレイコさんと鳥小屋のことを考えると僕は書いた。孔雀や鳩やオウムや七面鳥、そしてウサギのことを。雨の朝に君たちが着ていたフードつきの黄色い雨合羽のことも覚えています。あたたかいベッドの中で君のことを考えているのはとても気持の良いものです。まるで僕のとなりに君がいて、体を丸めてぐっすり眠っているような気がします。そしてそれがもし本当だったらどんなに素敵だろうと思います。

ときどきひどく淋しい気持になることはあるにせよ、僕はおおむね元気に生きています。君が毎朝鳥の世話をしたり畑仕事をしたりするように、僕も毎朝僕自身のねじを巻いています。ベッドから出て歯を磨いて、髭を剃って、朝食を食べて、服を着がえて、寮の玄関を出て大学につくまでに僕はだいたい三十六回くらいコリコリとねじを巻きます。さあ今日も一日きちんと生きようと思うわけです。自分では気がつかなかったけれど、僕は最近よく一人言を言うそうです。たぶんねじを巻きながらぶつぶつと何か言ってるのでしょう。

君に会えないのは辛いけれど、もし君がいなかったら僕の東京での生活はもっとひどいことになっていたと思う。朝ベッドの中で君のことを考えればこそ、さあねじを巻いてきちんと生きていかなくちゃと僕は思うのです。君がそこできちんとやっているように僕もここできちんとやっていかなくちゃと思うのです。

でも今日は日曜日で、ねじを巻かない朝です。洗濯をすませてしまって、今は部屋で手紙を書いています。この手紙を書き終えて切手を貼ってポストに入れてしまえば夕方まで何もありません。日曜には勉強もしません。僕は平日の講義のあいまに図書室でかなりしっかりと勉強しているので、日曜日には何もすることがないのです。日曜日の午後は静かで平和で、そして孤独です。僕は一人で本を読んだり音楽を聴いたりしています。君が東京にいた頃の日曜日に二人で歩いた道筋をひとつひとつ思いだしてみることもあります。君が着ていた服なんかもずいぶんはっきりと思いだせます。日曜日の午後には僕は本当にいろんなことを思いだすのです。

レイコさんによろしく。僕は夜になると彼女のギターがとてもなつかしくなります。

僕は手紙を書いてしまうとそれを二百メートルほど離れたところにあるポストに入れ、近くのパン屋で玉子のサンドイッチとコーラを買って、公園のベンチに座って昼飯がわりにそれを食べた。公園では少年野球をやっていたので、僕は暇つぶしにそれを見ていた。空は秋の深まりとともにますます青く高くなり、ふと見あげると二本の飛行機雲が電車の線路みたいに平行にまっすぐ西に進んでいくのが見えた。僕の近くに転がってきたファウル・ボールを投げ返してやると子供たちは帽子をとってありがとうございますと言った。大方の少年野球がそうであるように四球と盗塁の多いゲームだった。

午後になると僕は部屋に戻って本を読み、本に神経が集中できなくなると天井を眺めて緑のことを思った。そしてあの父親は本当に僕に緑のことをよろしく頼むと言おうとしたのだろうかと考えてみた。でももちろん彼が本当に何を言いたかったかということは僕には知りようもなかった。たぶん彼は僕を他の誰かと間違えていたのだろう。いずれにせよ冷たい雨の降る金曜日の朝に彼は死んでしまったし、本当はどうだったのかたしかめようもなくなってしまった。おそらく死ぬときの彼はもっと小さく縮んでいたのだろうと僕は想像した。そして高熱炉で焼かれて灰だけになってしまったのだ。彼があとに残したものといえば、あまりぱっとしない商店街の中のあまりぱっとしない本屋と二人の——少くともそのうちの一人はいささか風変りな——娘だけだった。それはいったいどのような人生だったんだろう、と僕は思った。彼は病院のベッドの上で、切り裂かれて混濁した頭を抱え、いったいどんな思いで僕を見ていたのだろう？

そんな風に緑の父親のことを考えているとだんだんやるせない気持になってきたので、僕は早めに屋上の洗濯ものをとりこんで新宿に出て街を歩いて時間をつぶすことにした。混雑した日曜日の街は僕をホッとさせてくれた。僕は通勤電車みたいに混みあった紀伊國屋書店でフォークナーの「八月の光」を買い、なるべく音の大きそうなジャズ喫茶に入ってオーネット・コールマンだのバド・パウエルだののレコードを聴きながら熱くて濃くてまずいコーヒーを飲み、買ったばかりの本を読んだ。五時半になると僕は本を閉じて外に出て簡単な夕食を食べた。そしてこの先こんな日曜日をいったい何十回、何百回くりかえすことになるのだろうとふと思った。「静かで平和で孤独な日曜日」と僕は口に出して言ってみた。日曜日には僕はねじを巻かないのだ。

第八章

その週の半ばに僕は手のひらをガラスの先で深く切ってしまった。レコード棚のガラスの仕切りが割れていることに気がつかなかったのだ。自分でもびっくりするくらい血がいっぱい出て、それがぽたぽたと下にこぼれ、足もとの床がまっ赤になった。店長がタオルを何枚か持ってきてそれを強く巻いて包帯がわりにしてくれた。そして電話をかけて夜でも開いている救急病院の場所を訊いてくれた。ろくでもない男だったが、そういう処置だけは手ばやかった。病院は幸い近くにあったが、そこに着くまでにタオルはまっ赤に染まって、拭いきれなかった血がアスファルトの上にこぼれた。人々はあわてて道をあけてくれた。彼らは喧嘩か何かの傷だと思ったようだった。痛みらしい痛みはなかった。ただ次から次へと血が出てくるだけだった。

医者は無感動に血だらけのタオルを取り、手首をぎゅっとしばって血を止め傷口を消毒してから縫いあわせ、明日また来なさいと言った。レコード店に戻ると、お前もう家帰れよ、出勤にしといてやるから、と店長が言った。僕はバスに乗って寮に戻った。そして永沢さんの部屋に行ってみた。怪我のせいで気が高ぶっていて誰かと話がしたかったし、彼にもずいぶん長く会っていないような気がしたからだ。

彼は部屋にいて、TVのスペイン語講座を見ながら缶ビールを飲んでいた。彼は僕の包帯を見て、お前それどうしたんだよと訊いた。ちょっと怪我したのだがたいしたことはないと僕は言った。ビール飲むかと彼が訊いて、いらないと僕は言った。

「これもうすぐ終るから待ってろよ」と永沢さんは言って、スペイン語の発音の練習をした。僕は自分で湯をわかし、ティー・バッグで紅茶を作って飲んだ。スペイン人の女性が例文を読みあげた。「こんなひどい雨ははじめてですわ。バルセロナでは橋がいくつも流されました」。永沢さんは自分でもその例文を読んで発音してから「ひどい例文だよな」と言った。「外国語講座の例文ってこういうのばっかりなんだからまったく」

スペイン語講座が終ると永沢さんはTVを消し、小型の冷蔵庫からもう一本ビールを出して飲んだ。

「邪魔じゃないですか？」と僕は訊いてみた。

「俺？　全然邪魔じゃないよ。退屈してたんだ。本当にビールいらない？」

いらないと僕は言った。

「そうそう、このあいだ試験の発表あったよ。受かってたよ」と永沢さんが言った。

「外務省の試験？」

「そう、正式には外務公務員採用一種試験っていうんだけどね、アホみたいだろ？」

「おめでとう」と僕は言って左手をさしだして握手した。

「ありがとう」

「まあ当然でしょうけれどね」

「まあ当然だけどな」と永沢さんは笑った。「しかしまあちゃんと決まるってのはいいことだよ、とにかく」

「外国に行くんですか、入省したら？」

「いや最初の一年間は国内研修だね。それから当分は外国にやられる」

僕は紅茶をすすり、彼はうまそうにビールを飲んだ。

「この冷蔵庫だけどさ、もしよかったらここを出るときお前にやるよ」と永沢さんは言った。「欲しいだろ？　これあると冷たいビール飲めるし」

「そりゃもらえるんなら欲しいですけどね、永沢さんだって必要でしょう？　どうせアパート暮しか何かだろうし」

「馬鹿言っちゃいけないよ。こんなところ出たら俺はもっとでかい冷蔵庫を買ってゴージャスに暮すよ。こんなケチなところで四年我慢したんだぜ。こんなところで使ってたものなんて目にしたくもないさ。何でも好きなものやるよ、TVだろうが、魔法瓶だろうが、ラジオだろうが」

「まあなんでもいいですけどね」と僕は言った。そして机の上のスペイン語のテキスト・ブックを手にとって眺めた。「スペイン語始めたんですか？」

「うん。語学はひとつでも沢山できた方が役に立つし、だいたい生来俺はそういうの得意なんだ。フランス語だって独学でやってきて殆んど完璧だしな。ゲームと同じさ。ルールがひとつわかったら、あとはいくつやったってみんな同じなんだよ。ほら女と一緒だよ」

「ずいぶん内省的な生き方ですね」と僕は皮肉を言った。

「ところで今度一緒に飯食いに行かないか」と永沢さんが言った。

「また女漁りじゃないでしょうね？」

「いや、そうじゃなくてさ、純粋な飯だよ。ハツミと三人でちゃんとしたレストランに行って会食するんだ。俺の就職祝いだよ。なるべく高い店に行こう。どうせ払いは親父だから」

「そういうのはハツミさんと二人でやればいいじゃないですか」

「お前がいてくれた方が楽なんだよ。その方が俺もハツミも」と永沢さんは言った。

やれやれ、と僕は思った。それじゃキズキと直子のときとまったく同じじゃないか。

「飯のあとで俺はハツミのところ行って泊るからさ。飯くらい三人で食おうよ」

「まああなたたち二人がそれでいいって言うんなら行きますよ」と僕は言った。「でも永沢さんはどうするんですか、ハツミさんのこと？　研修のあとで海外勤務になって何年も帰ってこないんでしょ？　彼女はどうなるんですか？」

「それはハツミの問題であって、俺の問題ではない」

「よく意味がわかんないですね」

彼は足を机の上にのせたままビールを飲み、あくびをした。

「つまり俺は誰とも結婚するつもりはないし、そのことはハツミにもちゃんと言ってある。だからさ、ハツミは誰かと結婚したきゃすりゃいいんだ。俺は止めないよ。結婚しないで俺を待ちたきゃ待ちゃいい。そういう意味だよ」

「ふうん」と僕は感心して言った。

「ひどいと思うだろ、俺のこと？」

「思いますね」

「世の中というのは原理的に不公平なものなんだよ。それは俺のせいじゃない。はじめからそうなってるんだ。俺はハツミをだましたことなんか一度もない。そういう意味では俺はひどい人間だから、それが嫌なら別れろってちゃんと言ってる」

永沢さんはビールを飲んでしまうと煙草をくわえて火をつけた。

「あなたは人生に対して恐怖を感じるということはないんですか?」と僕は訊いてみた。

「あのね、俺はそれほど馬鹿じゃないよ」と永沢さんは言った。「もちろん人生に対して恐怖を感じることはある。そんなのあたり前じゃないか。ただ俺はそういうのを前提条件としては認めない。自分の力を百パーセント発揮してやれるところまでやる。欲しいものはとるし、欲しくないものはとらない。そうやって生きていく。駄目だったら駄目になったところでまた考える。不公平な社会というのは逆に考えれば能力を発揮できる社会でもある」

「身勝手な話みたいだけれど」と僕は言った。

「でもね、俺は空を見上げて果物が落ちてくるのを待ってるわけじゃないぜ。俺は俺なりにずいぶん努力をしている。お前の十倍くらい努力してる」

「そうでしょうね」と僕は認めた。

「だからね、ときどき俺は世間を見まわして本当にうんざりするんだ。どうしてこいつらは努力というものをしないんだろう、努力もせずに不平ばかり言うんだろうってね」

僕はあきれて永沢さんの顔を眺めた。「僕の目から見れば世の中の人々はずいぶんあくせくと身を粉にして働いているような印象を受けるんですが、僕の見方は間違っているんでしょうか？」

「あれは努力じゃなくてただの労働だ」と永沢さんは簡単に言った。「俺の言う努力というのはそういうのじゃない。努力というのはもっと主体的に目的的になされるもののことだ」

「たとえば就職が決って他のみんながホッとしている時にスペイン語の勉強を始めるとか、そういうことですね？」

「そういうことだよ。俺は春までにスペイン語を完全にマスターする。英語とドイツ語とフランス語はもうできあがってるし、イタリア語もだいたいはできる。こういうのって努力なくしてできるか？」

彼は煙草を吸い、僕は緑の父親のことを考えた。そして緑の父親はTVでスペイン語の勉強を始めようなんて思いつきもしなかったろうと思った。努力と労働の違いがどこにあるかなんて考えもしなかったろう。そんなことを考えるには彼はたぶん忙しすぎたのだ。仕事も忙しかったし、福島まで家出した娘を連れ戻しにも行かねばならなかった。

「食事の話だけど、今度の土曜日でどうだ？」と永沢さんが言った。
いいですよ、と僕は言った。

永沢さんが選んだ店は麻布の裏手にある静かで上品なフランス料理店だった。永沢さんが名前を言うと我々は奥の個室に通された。小さな部屋で壁には十五枚くらい版画がかかっていた。ハツミさんが来るまで、僕と永沢さんはジョセフ・コンラッドの小説の話をしながら美味しいワインを飲んだ。永沢さんは見るからに高価そうなグレーのスーツを着て、僕はごく普通のネイビー・ブルーのブレザー・コートを着ていた。

十五分くらい経ってからハツミさんがやってきた。彼女はとてもきちんと化粧をして金のイヤリングをつけ、深いブルーの素敵なワンピースを着て、上品なかたちの赤いパンプスをはいていた。僕がワンピースの色を賞めると、これはミッドナイト・ブルーっていうのよとハツミさんは教えてくれた。

「素敵なところじゃない」とハツミさんが言った。

「親父が東京に来るとここで飯食うんだ。前に一度一緒に来たことあるよ。俺はこういう気取った料理はあまり好きじゃないけどな」と永沢さんが言った。

「あら、たまにはいいじゃない、こういうのも。ねえ、ワタナベ君」とハツミさんが言った。

「そうですね。自分の払いじゃなければね」と僕は言った。

「うちの親父はだいたいいつも女と来るんだ」と永沢さんが言った。「東京に女がいるから」

「そう？」とハツミさんが言った。

僕は聞こえないふりをしてワインを飲んでいた。

やがてウェイターがやってきて、我々は料理を注文した。オードブルとスープを我々は選び、メイン・ディッシュに永沢さんは鴨を、僕とハツミさんは鱸《すずき》を注文した。料理はとてもゆっくり出てきたので、僕らはワインを飲みながらいろんな話をした。最初は永沢さんが外務省の試験の話をした。受験者の殆んどは底なし沼に放りこんでやりたいようなゴミだが、まあ中には何人かまともなのもいたなと彼は言った。その比率は一般社会の比率と比べて低いのか高いのかと僕は質問してみた。

「同じだよ、もちろん」と永沢さんはあたり前じゃないかという顔で言った。「そういうのって、どこでも同じなんだよ。一定不変なんだ」

ワインを飲んでしまうと永沢さんはもう一本注文し、自分のためにスコッチ・ウィスキーをダブルで頼んだ。

それからハツミさんがまた僕に紹介したい女の子の話を始めた。これはハツミさんと僕の間の永遠の話題だった。彼女は僕に〈クラブの下級生のすごく可愛い子〉を紹介したがって、僕はいつも逃げまわっていた。

「でも本当に良い子なのよ。美人だし。今度連れてくるから一度お話しなさいよ。きっと気にいるわよ」

「駄目ですよ」と僕は言った。「僕はハツミさんの大学の女の子とつきあうには貧乏すぎるもの。お金もないし、話もあわないし」

「あら、そんなことないわよ。その子なんてとてもさっぱりした良い子よ。全然そんな風に気取ってないし」

「一度会ってみりゃいいじゃないか、ワタナベ」と永沢さんが言った。「べつにやらなくていいんだから」

「あたり前でしょう。そんなことしたら大変よ。ちゃんとバージンなんだから」とハツミさんが言った。

「昔の君みたいに」

「そう、昔の私みたいに」とハツミさんはにっこり笑って言った。「でもワタナベ君、貧乏だとかなんだとかって、そんなのあまり関係ないのよ。そりゃクラスに何人かはものすごく気取ったバリバリの子はいるけれど、あとは私たち普通なのよ。お昼には学食で二百五十円のランチ食べて——」

「ねえハツミさん」と僕は口をはさんだ。「僕の学校の学食のランチは、A、B、CとあってAが百二十円でBが百円でCが八十円なんです。それでたまに僕がAランチ食べるとみんな嫌な目で見るんです。Cランチが食えない奴は六十円のラーメン食うんです。そういう学校なんです。話があうと思いますか？」

ハツミさんは大笑いした。「安いわねえ、私食べに行こうかしら。でもね、ワタナベ君、あなた良い人だし、きっと彼女と話あうわよ。彼女だって百二十円のランチ気に入るかもしれないわよ」

「まさか」と僕は笑って言った。「誰もあんなもの気に入ってやしませんよ。仕方ないから食べてるんです」

「でも入れもので私たちを判断しないでよ、ワタナベ君。そりゃまあかなりちゃらちゃらしたお嬢様学校であるにせよ、真面目に人生を考えて生きているまともな女の子だって沢山いるのよ。みんながみんなスポーツ・カーに乗った男の子とつきあいたいと思ってるわけじゃないのよ」

「それはもちろんわかってますよ」と僕は言った。

「ワタナベには好きな女の子がいるんだよ」と永沢さんが言った。「でもそれについてはこの男は一言もしゃべらないんだ。なにしろ口が固くてね。全ては謎に包まれているんだ」

「本当？」とハツミさんが僕に訊いた。

「本当です。でも別に謎なんてありませんよ。ただ事情がとてもこみいってて話しづらいだけです」

「道ならぬ恋とかそういうの？　ねえ、私に相談してごらんなさいよ」

僕はワインを飲んでごまかした。

「ほら、口が固いだろう」と三杯目のウィスキーを飲みながら永沢さんが言った。「この男は一度言わないって決めたら絶対に言わないんだもの」

「残念ねえ」とハツミさんはテリーヌを小さく切ってフォークで口に運びながら言った。「その女の子とあなたがうまくいったら私たちダブル・デートできたのにね」

「酔払ってスワッピングだってできたのにね」と永沢さんが言った。

「変なこと言わないでよ」

「変じゃないよ、ワタナベは君のこと好きなんだから」

「それとこれとは別でしょう」とハツミさんは静かな声で言った。「彼はそういう人じゃないわよ。自分のものをとてもきちんと大事にする人よ。私わかるもの。だから女の子を紹介しようとしたのよ」

「でも俺とワタナベで一度女をとりかえっこしたことあるよ、前に。なあ、そうだよな?」永沢さんはなんでもないという顔をしてウィスキーのグラスをあけ、おかわりを注文した。

ハツミさんはフォークとナイフを下に置き、ナプキンでそっと口を拭った。そして僕の顔を見た。「ワタナベ君、あなた本当にそんなことしたの?」

どう答えていいのかわからなかったので、僕は黙っていた。

「ちゃんと話せよ。かまわないよ」と永沢さんが言った。まずいことになってきたなと僕は思った。時々酒が入ると永沢さんは意地がわるくなることがあるのだ。そして今夜の彼の意地のわるさは僕に向けられたものではなく、ハツミさんに向けられたものだった。それがわかっていたもので、僕としても余計に居心地がわるかった。

「その話聞きたいわ。すごく面白そうじゃない」とハツミさんが僕に言った。

「酔払ってたんです」と僕は言った。

「いいのよ、べつに。責めてるわけじゃないんだから。ただそのお話を聞かせてほしいだけなの」

「渋谷のバーで永沢さんと二人で飲んでいて、二人連れの女の子と仲良くなったんです。どこかの短大の女の子で、向うも結構出来上っていて、それでまあ結局そのへんのホテルに入って寝たんです。僕と永沢さんとで隣りどうしの部屋をとって。そうしたら夜中に永沢さんが僕の部屋をノックして、おいワタナベ、女の子とりかえようぜって言うから、僕が永沢さんの方に行って、永沢さんが僕の方に来たんです」

「その女の子たちは怒らなかったの？」

「その子たちも酔ってたし、それにどっちだってよかったんです、結局その子たちとしても」

「そうするにはそうするだけの理由があったんだよ」と永沢さんが言った。

「どんな理由？」

「その二人組の女の子だけど、ちょっと差がありすぎたんだよ。一人の子はきれいだったんだけど、もう一人がひどくってさ、そういうの不公平だと思ったんだ。つまり俺が美人の方をとっちゃったからさ、ワタナベにわるいじゃないか。だから交換したんだよ。そうだよな、ワタナベ？」

「まあ、そうですね」と僕は言った。しかし本当のことを言えば、僕はその美人じゃない子の方をけっこう気に入っていたのだ。話していて面白かったし、性格もいい子だった。

僕と彼女がセックスのあとベッドの中でわりに楽しく話をしていると、永沢さんが来てとりかえっこしようぜと言ったのだ。僕がその子にいいかなと訊くと、まあいいわよ、あなたたちそうしたいんなら、と彼女は言った。彼女はたぶん僕がその美人の子の方とやりたがっていると思ったのだろう。

「楽しかった？」とハツミさんが僕に訊いた。

「交換のことがですか？」

「そんな何やかやが」

「べつにとくに楽しくはないです」と僕は言った。「ただやるだけです。そんな風に女の子と寝たってとくに何か楽しいことがあるわけじゃないです」

「じゃあ何故そんなことするの？」

「俺が誘うからだよ」と永沢さんが言った。

「私、ワタナベ君に質問してるのよ」とハツミさんはきっぱりと言った。「どうしてそんなことするの？」

「ときどきすごく女の子と寝たくなるんです」と僕は言った。

「好きな人がいるのなら、その人となんとかするわけにはいかないの？」とハツミさんは少し考えてから言った。

「複雑な事情があるんです」

ハツミさんはため息をついた。

そこでドアが開いて料理が運ばれてきた。永沢さんの前には鴨のローストが運ばれ、僕とハツミさんの前には鱸の皿が置かれた。皿に温野菜が盛られ、ソースがかけられた。そして給仕人が引き下がり、我々はまた三人きりになった。永沢さんは鴨をナイフで切ってうまそうに食べ、ウィスキーを飲んだ。僕はホウレン草を食べてみた。ハツミさんは料理には手をつけなかった。

「あのね、ワタナベ君、どんな事情があるかは知らないけれど、そういう種類のことはあなたには向いてないし、ふさわしくないと思うんだけれど、どうかしら？」とハツミさんは言った。彼女はテーブルの上に手を置いて、じっと僕の顔を見ていた。

「そうですね」と僕は言った。「自分でもときどきそう思います」

「じゃあ、どうしてやめないの？」

「ときどき温もりが欲しくなるんです」と僕は正直に言った。「そういう肌の温もりのようなものがないと、ときどきたまらなく淋しくなるんです」

「要約するとこういうことだと思うんだ」永沢さんが口をはさんだ。「ワタナベには好きな女の子がいるんだけれどある事情があってやれない。だからセックスはセックスと割り切って他で処理するわけだよ。それでかまわないじゃないか。話としてはまともだよ。部屋にこもってずっとマスターベーションやってるわけにもいかないだろう？」

「でも彼女のことが本当に好きなら我慢できるんじゃないかしら、ワタナベ君？」

「そうかもしれないですね」と言って僕はクリーム・ソースのかかった鱸の身を口に運んだ。

「君には男の性欲というものが理解できないんだ」と永沢さんがハツミさんに言った。「たとえば俺は君と三年つきあっていて、しかもそのあいだにけっこう他の女と寝てきた。でも俺はその女たちのことなんて何も覚えてないよ。名前も知らない、顔も覚えてない。誰とも一度しか寝ない。会って、やって、別れる。それだけだよ。それのどこがいけない？」

「私が我慢できないのはあなたのそういう傲慢さなのよ」とハツミさんは静かに言った。「他の女の人と寝る寝ないの問題じゃないの。私これまであなたの女遊びのことで真剣に怒ったこと一度もないでしょ？」

「あんなの女遊びとも言えないよ。ただのゲームだ。誰も傷つかない」と永沢さんは言った。

「私は傷ついてる」とハツミさんは言った。「どうして私だけじゃ足りないの？」

永沢さんはしばらく黙ってウィスキーのグラスを振っていた。「足りないわけじゃない。それはまったく別のフェイズの話なんだ。俺の中には何かしらそういうものを求める渇きのようなものがあるんだよ。そしてそれがもし君を傷つけたとしたら申しわけないと思う。決して君一人で足りないとかそういうんじゃないんだよ。でも俺はその渇きのもとでしか生きていけない男だし、それが俺なんだ。仕方ないじゃないか」

ハツミさんはやっとナイフとフォークを手にとって鱸を食べはじめた。「でもあなたは少くともワタナベ君をひきずりこむべきじゃないわ」

「俺とワタナベには似ているところがあるんだよ」と永沢さんは言った。「ワタナベも俺と同じように本質的には自分のことにしか興味が持てない人間なんだよ。傲慢か傲慢じゃないかの差こそあれね。自分が何を考え、自分が何を感じ、自分がどう行動するか、そういうことにしか興味が持てないんだよ。だから自分と他人とをきりはなしてものを考えることができる。俺がワタナベを好きなのはそういうところだよ。ただこの男の場合自分でそれがまだきちんと認識されていないものだから、迷ったり傷ついたりするんだ」

「迷ったり傷ついたりしない人間がどこにいるのよ？」とハツミさんは言った。「それともあなたは迷ったり傷ついたりしたことないって言うの？」

「もちろん俺だって迷うし傷つく。ただそれは訓練によって軽減することが可能なんだよ。鼠だって電気ショックを与えれば傷つくことの少ない道を選ぶようになる」

「でも鼠は恋をしないわ」

「鼠は恋をしない」と永沢さんはそうくりかえしてから僕の方を見た。「素敵だね。バックグラウンド・ミュージックがほしいね。オーケストラにハープが二台入って——」

「冗談にしないでよ。私、真剣なのよ」

「今は食事をしてるんだよ」と永沢さんは言った。「それにワタナベもいる。真剣に話をするのは別の機会にした方が礼儀にかなっていると思うね」

「席を外しましょうか?」と僕は言った。

「ここにいてちょうだいよ。その方がいいの」とハツミさんが言った。

「せっかく来たんだからデザートも食べていけば」と永沢さんが言った。

「僕はべつにかまいませんけど」

それからしばらく我々は黙って食事をつづけた。僕は鱸をきれいに食べ、ハツミさんは半分残した。永沢さんはとっくに鴨を食べ終えて、まだウィスキーを飲みつづけていた。

「鱸、けっこううまかったですよ」と僕は言ってみたが誰も返事をしなかった。まるで深い竪穴に小石を投げ込んだみたいだった。

皿が下げられて、レモンのシャーベットとエスプレッソ・コーヒーが運ばれてきた。永沢さんはどちらにもちょっと手をつけただけで、すぐに煙草を吸った。ハツミさんはレモンのシャーベットにはまったく手をつけなかった。やれやれと思いながら僕はシャーベットをたいらげ、コーヒーを飲んだ。ハツミさんはテーブルの上に揃えておいた自分の両手を眺めていた。ハツミさんの身につけた全てのものと同じように、その両手はとてもシックで上品で高価そうだった。僕は直子とレイコさんのことを考えていた。彼女たちは今頃何をしているんだろう？　直子はソファーに寝転んで本を読み、レイコさんはギターで「ノルウェイの森」を弾いているのかもしれないなと僕は思った。僕は彼女たち二人のいるあの小さな部屋に戻りたいという激しい想いに駆られた。俺はいったいここで何をしているのだ？

「俺とワタナベの似ているところはね、自分のことを他人に理解してほしいと思っていないところなんだ」と永沢さんが言った。「そこが他の連中と違っているところなんだ。他の奴らはみんな自分のことをまわりの人間にわかってほしいと思ってあくせくしてる。でも俺はそうじゃないし、ワタナベもそうじゃない。理解してもらわなくったってかまわないと思っているのさ。自分は自分で、他人は他人だって」

「そうなの？」とハツミさんが僕に訊いた。

「まさか」と僕は言った。「僕はそれほど強い人間じゃありませんよ。誰にも理解されなくていいと思っているわけじゃない。理解しあいたいと思う相手だっています。ただそれ以外の人々にはある程度理解されなくても、まあこれは仕方ないだろうと思っているだけです。あきらめてるんです。だから永沢さんの言うように理解されなくたってかまわないと思っているわけじゃありません」

「俺の言ってるのも殆んど同じ意味だよ」と永沢さんはコーヒー・スプーンを手にとって言った。「本当に同じことなんだよ。遅いめの朝飯と早いめの昼飯のちがいくらいしかないんだ。食べるものも同じで、食べる時間も同じで、ただ呼び方がちがうんだ」

「永沢君、あなたは私にもべつに理解されなくったっていいと思ってるの？」とハツミさんが訊いた。

「君にはどうもよくわかってないようだけれど、人が誰かを理解するのはしかるべき時期が来たからであって、その誰かが相手に理解してほしいと望んだからではない」

「じゃあ私が誰かにきちんと私を理解してほしいと望むのは間違ったことなの？　たとえばあなたに？」

「いや、べつに間違っていないよ」と永沢さんは答えた。「まともな人間はそれを恋と呼ぶ。もし君が俺を理解したいと思うのならね。俺のシステムは他の人間の生き方のシステムとはずいぶん違うんだよ」

「でも私に恋してはいないのね？」

「だから君は僕のシステムを——」

「システムなんてどうでもいいわよ！」とハツミさんがどなった。彼女がどなったのを見たのはあとにも先にもこの一度きりだった。

永沢さんがテーブルのわきのベルを押すと給仕人が勘定書を持ってやってきた。永沢さんはクレジット・カードを出して彼に渡した。

「悪かったな、ワタナベ、今日は」と彼は言った。「俺はハツミを送っていくから、お前一人であとやってくれよ」

「いいですよ、僕は。食事はうまかったし」と僕は言ったが、それについては誰も何も言わなかった。

給仕人がカードを持ってきて、永沢さんは金額をたしかめてからボールペンでサインをした。そして我々は席を立って店の外に出た。永沢さんが道路に出てタクシーを停めようとしたが、ハツミさんがそれを止めた。

「ありがとう、でも今日はもうこれ以上あなたと一緒にいたくないの。だから送ってくれないでいいわよ。ごちそうさま」

「お好きに」と永沢さんは言った。

「ワタナベ君に送ってもらうわ」とハツミさんは言った。

「お好きに」と永沢さんは言った。「でもワタナベだって殆んど同じだよ、俺と。親切でやさしい男だけど、心の底から誰かを愛することはできない。いつもどこか覚めていて、そしてただ渇きがあるだけなんだ。俺にはそれがわかるんだ」

僕はタクシーを停めてハツミさんを先に乗せ、まあとにかく送りますよと永沢さんに言った。

「悪いな」と彼は僕に謝ったが、頭の中ではもう全然別のことを考えはじめているように見えた。

「どこに行きますか？　恵比寿に戻りますか？」と僕はハツミさんに訊いた。彼女のアパートは恵比寿にあったからだ。ハツミさんは首を横に振った。

「じゃあ、どこかで一杯飲みますか？」

「うん」と彼女は肯いた。

「渋谷」と僕は運転手に言った。

ハツミさんは腕組みをして目をつぶり、タクシーの座席の隅によりかかっていた。金の小さなイヤリングが車の揺れにあわせてときどききらりと光った。彼女のミッドナイト・ブルーのワンピースはまるでタクシーの片隅の闇にあわせてあつらえたように見えた。淡い色あいで塗られた彼女のかたちの良い唇がまるで一人言を言いかけてやめたみたいに時折ぴくりと動いた。そんな姿を見ていると永沢さんがどうして彼女を特別な相手として選んだのかわかるような気がした。ハツミさんより美しい女はいくらでもいるだろう、そして永沢さんならそういう女をいくらでも手に入れることができただろう。しかしハツミさんという女性の中には何かしら人の心を強く揺さぶるものがあった。そしてそれは決して彼女が強い力を出して相手を揺さぶるというのではない。彼女の発する力はささやかなものなのだが、それが相手の心の共震を呼ぶのだ。タクシーが渋谷に着くまで僕はずっと彼女を眺め、彼女が僕の心の中に引きおこすこの感情の震えはいったい何なんだろうと考えつづけていた。しかしそれが何であるのかはとうとう最後までわからなかった。

僕がそれが何であるかに思いあたったのは十二年か十三年あとのことだった。僕はある画家をインタヴューするためにニュー・メキシコ州サンタ・フェの町に来ていて、夕方近所のピツァ・ハウスに入ってビールを飲みピツァをかじりながら奇蹟のように美しい夕陽を眺めていた。世界中のすべてが赤く染まっていた。僕の手から皿からテーブルから、目につくもの何から何までが赤く染まっていた。まるで特殊な果汁を頭から浴びたような鮮やかな赤だった。そんな圧倒的な夕暮の中で、僕は急にハツミさんのことを思いだした。

そしてそのとき彼女がもたらした心の震えがいったい何であったかを理解した。それは充たされることのなかった、そしてこれからも永遠に充たされることのないであろう少年期の憧憬のようなものであったのだ。僕はそのような焼けつかんばかりの無垢な憧れをずっと昔、どこかに置き忘れてきてしまって、そんなものがかつて自分の中に存在したことすら長いあいだ思いださずにいたのだ。ハツミさんが揺り動かしたのは僕の中に長いあいだ眠っていた〈僕自身の一部〉であったのだ。そしてそれに気づいたとき、僕は殆んど泣きだしてしまいそうな哀しみを覚えた。彼女は本当に本当に特別な女性だったのだ。誰かがなんとしてでも彼女を救うべきだったのだ。

でも永沢さんにも僕にも彼女を救うことはできなかった。ハツミさんは——多くの僕の知りあいがそうしたように——人生のある段階が来ると、ふと思いついたみたいに自らの生命を絶った。彼女は永沢さんがドイツに行ってしまった二年後に他の男と結婚し、その二年後に剃刀で手首を切った。

彼女の死を僕に知らせてくれたのはもちろん永沢さんだった。彼はボンから僕に手紙を書いてきた。「ハツミの死によって何かが消えてしまったし、それはたまらなく哀しく辛いことだ。この僕にとってさえも」僕はその手紙を破り捨て、もう二度と彼には手紙を書かなかった。

＊

我々は小さなバーに入って、何杯かずつ酒を飲んだ。僕もハツミさんも殆んど口をきかなかった。僕と彼女はまるで倦怠期の夫婦みたいに向いあわせに座って黙って酒を飲み、ピーナッツをかじった。そのうちに店が混みあってきたので、我々は外を少し散歩することにした。ハツミさんは自分が勘定を払うと言ったが、僕は自分が誘ったのだからと言って払った。

外に出ると夜の空気はずいぶん冷ややかになっていた。ハツミさんは淡いグレーのカーディガンを羽織った。そしてあいかわらず黙って僕の横を歩いていた。どこに行くというあてもなかったけれど、僕はズボンのポケットに両手をつっこんでゆっくりと夜の街を歩いた。まるで直子と歩いていたときみたいだな、と僕はふと思った。

「ワタナベ君。どこかこのへんでビリヤードできるところ知らない？」ハツミさんが突然そう言った。

「ビリヤード？」と僕はびっくりして言った。「ハツミさんがビリヤードやるんですか？」

「ええ、私けっこう上手いのよ。あなたどう？」

「四ツ玉ならやることはやりますよ。あまり上手くはないけれど」

「じゃ、行きましょう」

我々は近くでビリヤード屋をみつけて中に入った。路地のつきあたりにある小さな店だった。シックなワンピースを着たハツミさんとネイビー・ブルーのブレザー・コートにレジメンタル・タイという格好の僕の組みあわせはビリヤード屋の中ではひどく目立ったが、ハツミさんはそんなことはあまり気にせずにキューを選び、チョークでその先をキュッキュッとこすった。そしてバッグから髪どめを出して額のわきでとめ、玉を撞くときの邪魔にならないようにした。

我々は四ツ玉のゲームを二回やったが、ハツミさんは自分でも言ったようになかなか腕が良かったし、僕は厚く包帯を巻いていたのであまり上手く玉を撞くことができなかった。それで二ゲームとも彼女が圧勝した。

「上手いですね」と僕は感心して言った。

「見かけによらず、でしょう？」とハツミさんは丁寧に玉の位置を測りながらにっこりとして言った。

「いったいどこで練習したんですか？」

「私の父方の祖父が昔の遊び人でね、玉撞き台を家に持っていたのよ。それでそこに行くと小さい頃から兄と二人で玉を撞いて遊んでたの。少し大きくなってからは祖父が正式な撞き方を教えてくれたし。良い人だったな。スマートでハンサムでね。もう死んじゃったけれど。昔ニューヨークでディアナ・ダービンに会ったことがあるっていうのが自慢だったわね」

彼女は三回つづけて得点し、四回めで失敗した。僕は辛うじて一回得点し、それからやさしいのを撞き損った。

「包帯してるせいよ」とハツミさんは慰めてくれた。

「長くやってないせいですよ。もう二年五ヵ月もやってないから」

「どうしてそんなにはっきり覚えてるの？」

「友だちと玉を撞いたその夜に彼が死んじゃったから、それでよく覚えてるんです」

「それでそれ以来ビリヤードやらなくなったの？」

「いや、とくにそういうわけではないんです」と僕は少し考えてからそう答えた。「ただなんとなくそれ以来玉撞きをする機会がなかったんです。それだけのことですよ」

「お友だちはどうして亡くなったの」

「交通事故です」と僕は言った。

彼女は何回か玉を撞いた。玉筋を見るときの彼女の目は真剣で、玉を撞くときの力の入れ方は正確だった。彼女がきれいにセットした髪をくるりとうしろに回して金のイヤリングを光らせ、パンプスの位置をきちんと決め、すらりと伸びた美しい指で台のフェルトを押さえて玉を撞く様子を見ていると、うす汚いビリヤード場のそこの場所だけが何かしら立派な社交場の一角であるように見えた。彼女と二人きりになるのは初めてだったが、それは僕にとっては素敵な体験だった。彼女と一緒にいると僕は人生を一段階上にひっぱりあげられたような気がした。三ゲームを終えたところで——もちろん三ゲームめも彼女が圧勝した——僕の手の傷が少しうずきはじめたので我々はゲームを切りあげることにした。

「ごめんなさい。ビリヤードなんかに誘うんじゃなかったわね」とハツミさんはとても悪そうに言った。

「いいんですよ。たいした傷じゃないし、それに楽しかったです、すごく」と僕は言った。

帰り際にビリヤード場の経営者らしいやせた中年の女がハツミさんに「お姐さん、良い筋してるわね」と言った。「ありがとう」とにっこり笑ってハツミさんは言った。そして彼女がそこの勘定を払った。

「痛む？」と外に出てハツミさんが言った。

「それほど痛くはないです」と僕は言った。

「傷口開いちゃったかしら？」

「大丈夫ですよ、たぶん」

「そうだわ、うちにいらっしゃいよ。傷口見て、包帯とりかえてあげるから」とハツミさんが言った。「うち、ちゃんと包帯も消毒薬もあるし、すぐそこだから」

そんなに心配するほどのことじゃないし大丈夫だと僕は言ったが、彼女の方は傷口が開いていないかどうかちゃんと調べてみるべきだと言いはった。

「それとも私と一緒にいるの嫌？　一刻も早く自分のお部屋に戻りたい？」とハツミさんは冗談めかして言った。

「まさか」と僕は言った。

「じゃあ遠慮なんかしてないでうちにいらっしゃいよ。歩いてすぐだから」

ハツミさんのアパートは渋谷から恵比寿に向って十五分くらい歩いたところにあった。豪華とは言えないまでもかなり立派なアパートで、小さなロビーもあればエレベーターもついていた。ハツミさんはその１ＤＫの部屋の台所のテーブルに僕を座らせ、となりの部屋に行って服を着がえてきた。プリンストン・ユニヴァシティーという文字の入ったヨットパーカと綿のズボンという格好で、金のイヤリングも消えていた。彼女はどこかから救急箱を持ってきて、テーブルの上で僕の包帯をほどき、傷口が開いていないことをたしかめてから、一応そこを消毒して、新しい包帯に巻きなおしてくれた。とても手際がよかった。

「どうしてそんなにいろんなことが上手なんですか?」と僕は訊いてみた。

「昔ボランティアでこういうのやってたことあるのよ。看護婦のまね事のようなもの。そこで覚えたの」とハツミさんは言った。

包帯を巻き終ると、彼女は冷蔵庫から缶ビールを二本出してきた。彼女が一缶の半分を飲み、僕が一本半飲んだ。そしてハツミさんは僕にクラブの下級生の女の子たちが写った写真を見せてくれた。たしかに何人か可愛い子がいた。

「もしガール・フレンドがほしくなったらいつでも私のところにいらっしゃい。すぐ紹介してあげるから」

「そうします」

「でもワタナベ君、あなた私のことをお見合い紹介おばさんみたいだなと思ってるでしょ、正直言って?」

「幾分」と僕は正直に答えて笑った。ハツミさんも笑った。彼女は笑顔がとてもよく似合う人だった。

「ねえワタナベ君はどう思ってるの?　私と永沢君のことを?」

「どう思うって、何についてですか？」

「私どうすればいいのかしら、これから？」

「僕が何を言っても始まらないでしょう」と僕はよく冷えたビールを飲みながら言った。

「いいわよ、なんでも、思ったとおり言ってみて」

「僕があなただったら、あの男とは別れます。そしてもう少しまともな考え方をする相手をみつけて幸せに暮しますよ。だってどう好意的に見てもあの人とつきあって幸せになれるわけがないですよ。あの人は自分が幸せになろうとか他人を幸せにしようとか、そんな風に考えて生きている人じゃないんだもの。一緒にいたら神経がおかしくなっちゃいますよ。僕から見ればハツミさんがあの人と三年もつきあってるというのが既に奇跡ですよ。もちろん僕だって僕なりにあの人のこと好きだし、面白い人だし、立派なところも沢山あると思いますよ。僕なんかの及びもつかないような能力と強さを持ってるし。でもね、あの人の物の考え方とか生き方はまともじゃないです。あの人と話をしていると、時々自分が同じところを堂々めぐりしているような気分になることがあるんです。彼の方は同じプロセスでどんどん上に進んで行ってるのに、僕の方はずっと堂々めぐりしてるんです。そしてすごく空しくなるんです。要するにシステムそのものが違うんです。僕の言ってることとわかりますか？」

「よくわかるわ」とハツミさんは言って、冷蔵庫から新しいビールを出してくれた。

「それにあの人、外務省に入って一年の国内研修が終ったら当分海外に行っちゃうわけでしょう？　ハツミさんはどうするんですか？　ずっと待ってるんですか？　あの人、誰とも結婚する気なんかありませんよ」

「それもわかってるのよ」

「じゃあ僕が言うべきことは何もありませんよ、これ以上」

「うん」とハツミさんは言った。

僕はグラスにゆっくりビールを注いで飲んだ。

「さっきハツミさんとビリヤードやっててふと思ったんです」と僕は言った。「つまりね、僕には兄弟がいなくってずっと一人で育ってきたけれど、それで淋しいとか兄弟が欲しいと思ったことはなかったんです。一人でいいやと思ってたんです。でもハツミさんとさっきビリヤードやってて、僕にもあなたみたいなお姉さんがいたらよかったなと突然思ったんです。スマートでシックで、ミッドナイト・ブルーのワンピースと金のイヤリングがよく似合って、ビリヤードが上手なお姉さんがね」

ハツミさんは嬉しそうに笑って僕の顔を見た。「少くともこの一年くらいのあいだに耳にしたいろんな科白の中では今のあなたのが最高に嬉しかったわ。本当よ」

「だから僕としてもハツミさんに幸せになってもらいたいんです」と僕はちょっと赤くなって言った。「でも不思議ですね。あなたみたいな人なら誰とだって幸せになれそうに見えるのに、どうしてまたよりによって永沢さんみたいな人とくっついちゃうんだろう？」

「そういうのってたぶんどうしようもないことなのよ。自分ではどうしようもないことなのよ。永沢君に言わせれば、そんなこと君の責任だ。俺は知らんってことになるでしょうけれどね」

「そう言うでしょうね」と僕は同意した。

「でもね、ワタナベ君。私はそんなに頭の良い女じゃないのよ。私はどっちかっていうと馬鹿で古風な女なの。システムとか責任とか、そんなことどうだっていいの。結婚して、好きな人に毎晩抱かれて、子供を産めればそれでいいのよ。それだけなの。私が求めているのはそれだけなのよ」

「彼が求めているのはそれとは全然別のものですよ」

「でも人は変るわ。そうでしょ？」とハツミさんは言った。

「社会に出て世間の荒波に打たれ、挫折し、大人になり……ということ？」

「そう。それに長く私と離れることによって、私に対する感情も変ってくるかもしれないでしょ？」

「それは普通の人間の話です」と僕は言った。「普通の人間だったらまあそういうのもあるでしょうね。でもあの人は別です。あの人は我々の想像を越えて意志の強い人だし、その上毎日毎日それを補強してるんです。そして何かに打たれればもっと強くなろうとする人なんです。他人にうしろを見せるくらいならナメクジだって食べちゃうような人です。そんな人間にあなたはいったい何を期待するんですか?」

「でもね、ワタナベ君。今の私には待つしかないのよ」とハツミさんはテーブルに頰杖をついて言った。

「そんなに永沢さんのこと好きなんですか?」

「好きよ」と彼女は即座に答えた。

「やれやれ」と僕は言ってため息をつき、ビールの残りを飲み干した。「それくらい確信を持って誰かを愛するというのはきっと素晴しいことなんでしょうね」

「私はただ馬鹿で古風なのよ」とハツミさんは言った。「ビールもっと飲む?」

「いや、もう結構です。そろそろ帰ります。包帯とビールをどうもありがとう」

僕が立ちあがって戸口で靴をはいていると、電話のベルが鳴りはじめた。ハツミさんは僕を見て電話を見て、それからまた僕を見た。「おやすみなさい」と言って僕はドアを開けて外に出た。ドアをそっと閉めるときにハツミさんが受話器をとっている姿がちらりと見えた。それが僕の見た彼女の最後の姿だった。

寮に戻ったのは十一時半だった。僕はそのまますぐ永沢さんの部屋に行ってドアをノックした。そして十回くらいノックしてから今日が土曜日の夜だったことを思いだした。土曜日の夜は永沢さんは親戚の家に泊るという名目で毎週外泊許可をとっているのだ。

僕は部屋に戻ってネクタイを外し、上着とズボンをハンガーにかけてパジャマに着がえ、歯を磨いた。そしてやれやれ明日はまた日曜日かと思った。まるで四日に一回くらいのペースで日曜日がやってきているような気がした。そしてあと二回日曜が来たら僕は二十歳になる。僕はベッドに寝転んで壁にかかったカレンダーを眺め、暗い気持になった。

＊

日曜日の朝、僕はいつものように机に向って直子への手紙を書いた。大きなカップでコーヒーを飲み、マイルス・デイヴィスの古いレコードを聴きながら、長い手紙を書いた。窓の外には細い雨が降っていて、部屋の中は水族館みたいにひやりとしていた。衣裳箱から出してきたばかりの厚手のセーターには防虫剤の匂いが残っていた。窓ガラスの上の方にはむくむくと太った蠅が一匹とまったまま身動きひとつしなかった。日の丸の旗は風がないせいで元老院議員のトーガの裾みたいにくしゃっとポールに絡みついたままぴくりとも動かなかった。どこかから中庭に入りこんできた気弱そうな顔つきのやせた茶色い犬が、花壇の花を片端からくんくんと嗅ぎまわっていた。いったい何の目的で雨の日に犬が花の匂いを嗅いでまわらねばならないのか、僕にはさっぱりわからなかった。

僕は机に向って手紙を書き、ペンを持った右手の傷が痛んでくるとそんな雨の中庭の風景をぼんやりと眺めた。

僕はまずレコード店で働いているときに手のひらを深く切ってしまったことを書き、土曜日の夜に、永沢さんとハツミさんと僕の三人で永沢さんの外交官試験合格の祝いのようなことをやったと書いた。そして僕はそこがどんな店で、どんな料理が出たかというのを説明した。料理はなかなかのものだったが、途中で雰囲気がいささかややこしいものになって云々と僕は書いた。

僕はハツミさんとビリヤード場に行ったことに関連してキズキのことを書こうかどうか少し迷ったが、結局書くことにした。書くべきだという気がしたからだ。

「僕はあの日——キズキが死んだ日——彼が最後に撞いたボールのことをはっきりと覚えています。それはずいぶんむずかしいクッションを必要とするボールで、僕はまさかそんなものがうまく行くとは思わなかった。でも、たぶん何かの偶然によるものだとは思うのだけれど、そのショットは百パーセントぴったりと決まって、緑のフェルトの上で白いボールと赤いボールが音も立てないくらいそっとぶつかりあって、それが結局最終得点になったわけです。今でもありありと思いだせるくらい美しく印象的なショットでした。そしてそれ以来二年半近く僕はビリヤードというものをやりませんでした。

でもハツミさんとビリヤードをやったその夜、僕は最初の一ゲームが終るまでキズキのことを思いだしもしなかったし、そのことは僕としては少なからざるショックでした。というのはキズキが死んだあとずっと、これからはビリヤードをやるたびに彼を思いだすことになるだろうなという風に考えていたからです。でも僕は一ゲーム終えて店内の自動販売機でペプシコーラを買って飲むまで、キズキのことを思いだしもしませんでした。どうしてそこでキズキのことを思いだしたかというと、僕と彼がよく通ったビリヤード屋にもやはりペプシの販売機があって、僕らはよくその代金を賭けてゲームをしたからです。

キズキのことを思い出さなかったことで、僕は彼に対してなんだか悪いことをしたような気になりました。そのときはまるで自分が彼のことを見捨ててしまったように感じられたのです。でもその夜部屋に戻って、こんな風に考えました。あれからもう二年半たったんだ。そしてあいつはまだ十七歳のままなんだ、と。でもそれは僕の中で彼の記憶が薄れたということを意味しているのではありません。彼の死がもたらしたものはまだ鮮明に僕の中に残っているし、その中のあるものはその当時よりかえって鮮明になっているくらいです。僕が言いたいのはこういうことです。僕はもうすぐ二十歳だし、僕とキズキが十六と十七の年に共有したもののある部分は既に消滅しちゃったし、それはどのように嘆いたところで二度と戻ってはこないのだ、ということです。僕はそれ以上うまく説明できないけれど、君なら僕の感じたこと、言わんとすることをうまく理解してくれるのではないかと思います。そしてこういうことを理解してくれるのはたぶん君の他にはいないだろうという気がします。

僕はこれまで以上に君のことをよく考えています。今日は雨が降っています。雨の日曜日は僕を少し混乱させます。雨が降ると洗濯できないし、したがってアイロンがけもできないからです。散歩もできないし、屋上に寝転んでいることもできません。机の前に座って『カインド・オブ・ブルー』をオートリピートで何度も聴きながら雨の中庭の風景をぼんやりと眺めているくらいしかやることがないのです。前にも書いたように僕は日曜日にはねじを巻かないのです。そのせいで手紙がひどく長くなってしまいました。もうやめます。そして食堂に行って昼ごはんを食べます。さようなら」

第九章

翌日の月曜日の講義にも緑は現われなかった。いったいどうしちゃったんだろうと僕は思った。最後に電話で話をしてからもう十日経っていた。家に電話をかけてみようかとも思ったが、自分の方から連絡するからと彼女が言っていたことを思い出してやめた。

その週の木曜日に、僕は永沢さんと食堂で顔をあわせた。彼は食事をのせた盆を持って僕のとなりに座り、このあいだいろいろ済まなかったなと謝まった。

「いいですよ。こちらこそごちそうになっちゃったし」と僕は言った。「まあ奇妙といえば奇妙な就職決定祝いでしたけど」

「まったくな」と彼は言った。

そして我々はしばらく黙って食事をつづけた。

「ハツミとは仲なおりしたよ」と彼は言った。

「まあそうでしょうね」と僕は言った。

「お前にもけっこうきついことを言ったような気がするんだけど」

「どうしたんですか、反省するなんて？ 体の具合がわるいんじゃないですか？」

「そうかもしれないな」と彼は言って二、三度小さく肯いた。「ところでお前、ハツミに俺と別れろって忠告したんだって？」

「あたり前でしょう」

「そうだな、まあ」

「あの人良い人ですよ」と僕は味噌汁を飲みながら言った。

「知ってるよ」と永沢さんはため息をついて言った。「俺にはいささか良すぎる」

＊

電話がかかっていることを知らせるブザーが鳴ったとき、僕は死んだようにぐっすりと眠っていた。僕はそのとき本当に眠りの中枢に達していたのだ。だから僕には何がどうなっているのかさっぱりわからなかった。眠っているあいだに頭の中が水びたしになって脳がふやけてしまったような気分だった。時計を見ると六時十五分だったが、それが午前か午後かがわからなかった。何日の何曜日なのかも思い出せなかった。窓の外を見ると中庭のポールには旗は上っていなかった。それでたぶんこれは夕方の六時十五分なのだろうと僕は見当をつけた。国旗掲揚もなかなか役に立つものだ。

「ねえワタナベ君、今は暇？」と緑が訊いた。

「今日は何曜日だったかな？」

「金曜日」

「今は夕方だっけ？」

「あたり前でしょう。変な人ね。午後の、んーと、六時十八分」

やはり夕方だったんだ、と僕は思った。そうだ、ベッドに寝転んで本を読んでいるうちにぐっすり眠りこんでしまったんだ。金曜日——と僕は頭を働かせた。金曜日の夜にはアルバイトはない。「暇だよ。今どこにいるの？」

「上野駅。今から新宿に出るから待ちあわせない？」

我々は場所とだいたいの時刻をうちあわせ、電話を切った。

ＤＵＧに着いたとき、緑は既にカウンターのいちばん端に座って酒を飲んでいた。彼女は男もののくしゃっとした白いステン・カラー・コートの下に黄色い薄いセーターを着て、ブルージーンズをはいていた。そして手首にはブレスレットを二本つけていた。

「何飲んでるの？」と僕は訊いた。

「トム・コリンズ」と緑は言った。

僕はウィスキー・ソーダを注文してから、足もとに大きな革鞄が置いてあることに気づいた。

「旅行に行ってたのよ。ついさっき戻ってきたところ」と彼女は言った。

「どこに行ったの？」

「奈良と青森」

「一度に？」と僕はびっくりして訊いた。

「まさか。いくら私が変ってるといっても奈良と青森に一度に行ったりはしないわよ。べつべつに行ったのよ。二回にわけて。奈良には彼と行って、青森は一人でぶらっと行ってきたの」

僕はウィスキー・ソーダをひとくち飲み、緑のくわえたマルボロにマッチで火をつけてやった。「いろいろと大変だった？　お葬式とか、そういうの」

「お葬式なんて楽なものよ。私たち馴れてるもの。黒い着物着て神妙な顔して座ってれば、まわりの人がみんなで適当に事を進めてくれるの。親戚のおじさんとか近所の人とかね。勝手にお酒買ってきたり、おすし取ったり、慰めてくれたり、泣いたり、騒いだり、好きに形見わけしたり、気楽なものよ。あんなのピクニックと同じよ。来る日も来る日も看病にあけくれてたのに比べたら、ピクニックよ、もう。ぐったり疲れて涙も出やしないもの、お姉さんも私も。気が抜けて涙も出やしないのよ、本当に。でもそうするとね、まわりの人たちはあそこの娘たちは冷たい、涙も見せないってかげぐちきくの。私たちだから意地でも泣かないの。嘘泣きしようと思えばできるんだけど、絶対にやんないの。しゃくだから。みんなが私たちの泣くことを期待してるから、余計に泣いてなんかやらないの。私とお姉さんはそういうところすごく気が合うの。性格はずいぶん違うけれど」

緑はブレスレットをじゃらじゃらと鳴らしてウェイターを呼び、トム・コリンズのおかわりとピスタチオの皿を頼んだ。

「お葬式が終ってみんな帰っちゃってから、私たち二人で明け方まで日本酒飲んだの、一升五合くらい。そしてまわりの連中の悪口をかたっぱしから言ったの。あいつはアホだ、クソだ、疥癬病みの犬だ、豚だ、偽善者だ、盗っ人だって、そういうのずうっと言ってたのよ。すうっとしたわね」

「だろうね」

「そして酔払って布団に入ってぐっすり眠ったの。すごくよく寝たわねえ。途中で電話なんかかってきても全然無視しちゃってね、ぐうぐう寝ちゃったわよ。目がさめて、二人でおすし取って食べて、それで相談して決めたのよ。しばらく店を閉めてお互い好きなことしようって。これまで二人でずいぶん頑張ってやってきたんだもの、それくらいやったっていいじゃない。お姉さんは彼と二人でのんびりするし、私も彼と二泊旅行くらいしてやりまくろうと思ったの」緑はそう言ってから少し口をつぐんで、耳のあたりをぽりぽりと掻いた。「ごめんなさい。言葉わるくて」

「いいよ。それで奈良に行ったんだ」

「そう。奈良って昔から好きなの」

「それでやりまくったの？」

「一度もやらなかった」と彼女は言ってため息をついた。「ホテルに着いて鞄をよっこらしょと置いたとたんに生理が始まっちゃったの、どっと」

僕は思わず笑ってしまった。

「笑いごとじゃないわよ、あなた。予定より一週間も早いのよ。泣けちゃうわよ、まったく。たぶんいろいろと緊張したんで、それで狂っちゃったのね。彼の方はぷんぷん怒っちゃうし。わりに怒っちゃう人なのよ、すぐ。でも仕方ないじゃない、私だってなりたくてなったわけじゃないし。それにね、私けっこう重い方なのよ、あれ。はじめの二日くらいは何もする気なくなっちゃうの。だからそういうとき私と会わないで」

「そうしたいけれど、どうすればわかるかな？」と僕は訊いた。

「じゃあ私、生理が始まったら二、三日赤い帽子かぶるわよ。それでわかるんじゃない？」と緑は笑って言った。「私が赤い帽子をかぶってたら、道で会っても声をかけずにさっさと逃げればいいのよ」

「いっそ世の中の女の人がみんなそうしてくれればいいのにね」と僕は言った。「それで奈良で何してたの？」

「仕方ないから鹿と遊んだり、そのへん散歩したりして帰ってきたわ。散々よ、もう。彼とは喧嘩してそれっきり会ってないし。まあそれで東京に戻ってきて二、三日ぶらぶらして、それから今度は一人で気楽に旅行しようと思って青森に行ったの。弘前に友だちがいて、そこに二日ほど泊めてもらって、そのあと下北とか竜飛とかまわったの。いいところよ、すごく。私あのへんの地図の解説書いたことあるのよ、一度。あなた行ったことある？」

ない、と僕は言った。

「それでね」と言ってから緑はトム・コリンズをすすり、ピスタチオの殻をむいた。「一人で旅行しているときずっとワタナベ君のことを思いだしていたの。そして今あなたがとなりにいるといいなあって思ってたの」

「どうして？」

「どうして？」と言って緑は虚無をのぞきこむような目で僕を見た。「どうしてって、どういうことよ、それ？」

「つまり、どうして僕のことを思いだすかってことだよ」

「あなたのこと好きだからに決まっているでしょうが。他にどんな理由があるっていうのよ？　いったいどこの誰が好きでもない相手と一緒にいたいと思うのよ？」

「だって君には恋人がいるし、僕のこと考える必要なんてないじゃないか」と僕はウィスキー・ソーダをゆっくり飲みながら言った。

「恋人がいたらあなたのこと考えちゃいけないわけ？」

「いや、べつにそういう意味じゃなくて——」

「あのね、ワタナベ君」と緑は言って人さし指を僕の方に向けた。「警告しておくけど、今私の中にはね、一ヵ月ぶんくらいの何やかやが絡みあって貯ってもやもやしてるのよ。すごおく。だからそれ以上ひどいことを言わないで。でないと私ここでおいおい泣きだしちゃうし、一度泣きだすと一晩泣いちゃうわよ。それでもいいの？　私はね、あたりかまわず獣のように泣くわよ。本当よ」

僕は肯いて、それ以上は何も言わなかった。ウィスキー・ソーダの二杯目を注文し、ピスタチオを食べた。シェーカーが振られたり、グラスが触れあったり、製氷機の氷をすくうゴソゴソという音がしたりするうしろでサラ・ヴォーンが古いラブ・ソングを唄っていた。

「だいたいタンポン事件以来、私と彼の仲はいささか険悪だったの」と緑は言った。

「タンポン事件？」

「うん、一ヵ月くらい前、私と彼と彼の友だちの五、六人くらいでお酒飲んでてね、私、うちの近所のおばさんがくしゃみしたとたんにスポッとタンポンが抜けた話をしたの。おかしいでしょ？」

「おかしい」と僕は笑って同意した。

「みんなにも受けたのよ、すごく。でも彼は怒っちゃったの。そんな下品な話をするなって。それで何かこうしらけちゃって」

「ふむ」と僕は言った。

「良い人なんだけど、そういうところ偏狭なの」と緑は言った。「たとえば私が白以外の下着をつけると怒ったりね。偏狭だと思わない、そういうの？」

「うーん、でもそういうのは好みの問題だから」と僕は言った。僕としてはそういう人物が緑を好きになったこと自体が驚きだったが、それは口に出さないことにした。

「あなたの方は何してたの？」

「何もないよ。ずっと同じだよ」それから僕は約束どおり緑のことを考えてマスターベーションしてみたことを思いだした。僕はまわりに聞こえないように小声で緑にそのことを話した。

緑は顔を輝かせて指をぱちんと鳴らした。「どうだった？　上手く行った？」

「途中でなんだか恥かしくなってやめちゃったよ」

「立たなくなっちゃったの？」

「まあね」

「駄目ねえ」と緑は横目で僕を見ながら言った。「恥かしがったりしちゃ駄目よ。すごくいやらしいこと考えていいから。ね、私がいいって言うからいいんじゃない。そうだ、今度電話で言ってあげるわよ。ああ……そこいい……すごく感じる……駄目、私、いっちゃう……ああ、そんなことしちゃいやっ……とかそういうの。それを聞きながらあなたがやるの」

「寮の電話は玄関わきのロビーにあってね、みんなそこの前を通って出入りするんだよ」僕は説明した。「そんなところでマスターベーションしてたら寮長に叩き殺されるね、まず間違いなく」

「そうか、それは弱ったわね」

「弱ることないよ。そのうちにまた一人でなんとかやってみるから」

「頑張ってね」

「うん」

「私ってあまりセクシーじゃないのかな、存在そのものが？」

「いや、そういう問題じゃないんだ」と僕は言った。「なんていうかな、立場の問題なんだよね」

「私ね、背中がすごく感じるの。指ですうっと撫でられると」

「気をつけるよ」

「ねえ、今からいやらしい映画観に行かない？　ばりばりのいやらしいSM」と緑が言った。

　僕と緑は鰻屋に入って鰻を食べ、それから新宿でも有数のうらさびれた映画館に入って、成人映画三本立てを見た。新聞を買って調べるとそこでしかSMものをやっていなかったからだ。わけのわからない臭いのする映画館だった。うまい具合に我々が映画館に入ったときにそのSMものが始まった。OLのお姉さんと高校生の妹が何人かの男たちにつかまってどこかに監禁され、サディスティックにいたぶられる話だった。男たちは妹をレイプするぞと脅してお姉さんに散々ひどいことをさせるのだが、そうこうするうちにお姉さんは完全なマゾになり、妹の方はそういうのを目の前で逐一見せられているうちに頭がおかしくなってしまうという筋だった。雰囲気がやたら屈折して暗いうえに同じようなことばかりやっているので、僕は途中でいささか退屈してしまった。

「私が妹だったらあれくらいで気が狂ったりしないわね。もっとじっと見てる」と緑は僕に言った。

「だろうね」と僕は言った。

「でもあの妹の方だけど、処女の高校生にしちゃオッパイが黒ずんでると思わない？」

「たしかに」

彼女はすごく熱心に、食いいるようにその映画を見ていた。これくらい一所懸命見るなら入場料のぶんくらいは十分もとがとれるなあと僕は感心した。そして緑は何か思いつくたびに僕にそれを報告した。

「ねえねえ、凄い、あんなことやっちゃうんだ」とか、「ひどいわ。三人もに一度にやられたりしたら壊れちゃうわよ」とか、「ねえワタナベ君。私、ああいうの誰かにちょっとやってみたい」とか、そんなことだ。僕は映画を見ているより、彼女を見ている方がずっと面白かった。

休憩時間に明るくなった場内を見まわしてみたが、緑の他には女の客はいないようだった。近くに座っていた学生風の若い男は緑の顔を見て、ずっと遠くの席に移ってしまった。

「ねえワタナベ君？」と緑が訊ねた。「こういうの見てると立っちゃう？」

「まあ、そりゃときどきね」と僕は言った。「この映画って、そういう目的のために作られているわけだからさ」

「それでそういうシーンが来ると、ここにいる人たちのあれがみんなピンと立っちゃうわけでしょ？　三十本か四十本、一斉にピンと？　そういうのって考えるとちょっと不思議な気しない？」

そう言われればそうだな、と僕は言った。

二本目のはわりにまともな映画だったが、まともなぶん一本目よりもっと退屈だった。やたら口唇性愛の多い映画で、フェラチオやクンニリングスやシックスティー・ナインをやるたびにぺちゃぺちゃとかくちゃくちゃとかいう擬音が大きな音で館内に響きわたった。そういう音を聞いていると、僕は自分がこの奇妙な惑星の上で生を送っていることに対して何かしら不思議な感動を覚えた。

「誰がああいう音を思いつくんだろうね」と僕は緑に言った。

「あの音大好きよ、私」と緑は言った。

ペニスがヴァギナに入って往復する音というのもあった。そんな音があるなんて僕はそれまで気づきもしなかった。男がはあはあと息をし、女があえぎ、「いいわ」とか「もっと」とか、そういうわりにありふれた言葉を口にした。ベッドがきしむ音も聞こえた。そういうシーンがけっこう延々とつづいた。緑は最初のうち面白がって見ていたが、そのうちにさすがに飽きたらしく、もう出ようと言った。僕らは立ちあがって外に出て深呼吸した。新宿の町の空気がすがすがしく感じられたのはそれが初めてだった。

「楽しかった」と緑は言った。「また今度行きましょうね」

「何度見たって同じようなことしかやらないよ」と僕は言った。

「仕方ないでしょ、私たちだってずっと同じようなことやってるんだもの」

そう言われてみればたしかにそのとおりだった。

それから僕らはまたどこかのバーに入って酒を飲んだ。僕はウィスキーを飲み、緑はわけのわからないカクテルを三、四杯飲んだ。店を出ると木のぼりがしたいと緑が言いだした。

「このへんに木なんてないよ。それにそんなにふらふらしてちゃ木になんてのぼれないよ」と僕は言った。

「あなたっていつも分別くさいこと言って人を落ちこませるのね。酔払いたいから酔払ってるのよ。それでいいんじゃない。酔払ったたって木のぼりくらいできるわよ。ふん。高い高い木の上にのぼってってっぺんから蟬みたいにおしっこしてみんなにひっかけてやるの」

「ひょっとして君、トイレに行きたいの？」

「そう」

僕は新宿駅の有料トイレまで緑をつれていって小銭を払って中に入れ、売店で夕刊を買ってそれを読みながら彼女が出てくるのを待った。でも緑はなかなか出てこなかった。十五分たって、僕が心配になってちょっと様子を見に行ってみようかと思う頃にやっと彼女が外に出てきた。顔色がいくぶん白っぽくなっていた。

「ごめんね。座ったまうとうと眠っちゃったの」と緑は言った。

「気分はどう？」と僕はコートを着せてやりながら訊ねた。

「あまり良くない」

「家まで送るよ」と僕は言った。「家に帰ってゆっくり風呂にでも入って寝ちゃうといいよ。疲れてるんだ」

「家なんか帰らないわよ。今家に帰ったって誰もいないし、あんなところで一人で寝たくなんかないもの」

「やれやれ」と僕は言った。「じゃあどうするんだよ？」

「このへんのラブ・ホテルに入って、あなたと二人で抱きあって眠るの。朝までぐっすりと。そして朝になったらどこかそのへんでごはん食べて、二人で一緒に学校に行くの」

「はじめからそうするつもりで僕を呼びだしたの？」

「もちろんよ」

「そんなの僕じゃなくて彼を呼びだせばいいだろう。どう考えたってそれがまともじゃないか。恋人なんてそのためにいるんだよ」

「でも私、あなたと一緒にいたいのよ」

「そんなことはできない」と僕はきっぱりと言った。「まず第一に僕は十二時までに寮に戻らないといけないんだ。そうしないと無断外泊になる。前に一回やってすごく面倒なことになったんだ。第二に僕だって女の子と寝てれば当然やりたくなるし、そういうの我慢して悶々とするのは嫌だ。本当に無理にやっちゃうかもしれないよ」

「私のことぶって縛ってうしろから犯すの？」

「あのね、冗談じゃないんだよ、こういうの」

「でも私、淋しいのよ。ものすごく淋しいの。私だってあなたには悪いと思うわよ。何も与えないでいろんなこと要求ばかりして。好き放題言ったり、呼びだしたり、ひっぱりまわしたり。でもね、私がそういうことのできる相手ってあなたしかいないのよ。これまでの二十年間の人生で、私ただの一度もわがままきいてもらったことないのよ。お父さんもお母さんも全然とりあってくれなかったし、彼だってそういうタイプじゃないのよ。私がわがまま言うと怒るの。そして喧嘩になるの。だからこういうのってあなたにしか言えないのよ。そして私、今本当に疲れて参ってて、誰かに可愛いとかきれいだとか言われながら眠りたいの。ただそれだけなの。目がさめたらすっかり元気になって、二度とこんな身勝手なことあなたに要求しないから。絶対。すごく良い子にしてるから」

「そう言われても困るんだよ」と僕は言った。

「お願い。でないと私ここに座って一晩おいおい泣いてるわよ。そして最初に声かけてきた人と寝ちゃうわよ」

僕はどうしようもなくなって寮に電話をかけて永沢さんを呼んでもらった。そして僕が帰寮しているように操作してもらえないだろうかと頼んでみた。ちょっと女の子と一緒なんですよ、と僕は言った。いいよ、そういうことなら喜んで力になろうと彼は言った。

「名札をうまく在室の方にかけかえておくから心配しないでゆっくりやってこいよ。明日の朝俺の部屋の窓から入ってくりゃいい」と彼は言った。

「どうもすみません。恩に着ます」と僕は言って電話を切った。

「うまく行った？」と緑は訊いた。

「まあ、なんとか」と僕は深いため息をついた。

「じゃあまだ時間も早いことだし、ディスコでも行こう」

「君疲れてるんじゃなかったの？」

「こういうのなら全然大丈夫なの」

「やれやれ」と僕は言った。

たしかにディスコに入って踊っているうちに緑は少しずつ元気を回復してきたようだった。そしてウイスキー・コークを二杯飲んで、額に汗をかくまでフロアで踊った。

「すごく楽しい」と緑はテーブル席でひと息ついて言った。「こんなに踊ったの久しぶりだもの。体を動かすとなんだか精神が解放されるみたい」

「君のはいつも解放されてるみたいに見えるけどね」

「あら、そんなことないのよ」と彼女はにっこりと首をかしげて言った。「それはそうと元気になったらおなかが減っちゃったわ。ピッツァでも食べに行かない？」

僕がよく行くピッツァ・ハウスに彼女をつれていって生ビールとアンチョビのピッツァを注

文した。僕はそれほど腹が減っていなかったので十二ピースのうち四つだけを食べ、残りを緑が全部食べた。

「ずいぶん回復が早いね。さっきまで青くなってふらふらしてたのに」と僕はあきれて言った。

「わがままが聞き届けられたからよ」と緑は言った。「それでつっかえがとれちゃったの。でもこのピツァおいしいわね」

「ねえ、本当に君の家、今誰もいないの？」

「うん、いないわよ。お姉さんも友だちの家に泊りに行ってていないわよ。彼女ものすごい怖がりだから、私がいないとき一人で家で寝たりできないの」

「ラブ・ホテルなんて行くのはやめよう」と僕は言った。「あんなところ行ったたって空しくなるだけだよ。そんなのやめて君の家に行こう。僕のぶんの布団くらいあるだろう？」

緑は少し考えていたが、やがて肯いた。「いいわよ、家に泊ろう」と彼女は言った。

僕らは山手線に乗って大塚まで行って、小林書店のシャッターを上げた。シャッターには「休業中」の紙が貼ってあった。シャッターは長いあいだ開けられたことがなかったらしく、暗い店内には古びた紙の匂いが漂っていた。棚の半分は空っぽで、雑誌は殆んど全部返品用に紐でくくられていた。最初に見たときより店内はもっとがらんとして寒々しかった。まるで海岸に打ち捨てられた廃船のように見えた。

「もう店をやるつもりはないの？」と僕は訊いてみた。

「売ることにしたのよ」と緑はぽつんと言った。「お店売って、私とお姉さんとでそのお金をわけるの。そしてこれからは誰に保護されることもなく身ひとつで生きていくの。お姉さんは来年結婚して、私はあと三年ちょっと大学に通うの。まあそれくらいのお金にはなるでしょう。アルバイトもするし。店が売れたらどこかにアパートを借りてお姉さんと二人でしばらく暮すわ」

「店は売れそうなの？」

「たぶんね。知りあいに毛糸屋さんをやりたいっていう人がいて、少し前からここを売らないかって話があったの」と緑は言った。「でも可哀そうなお父さん。あんなに一所懸命働いて、店を手に入れて、借金を少しずつ返して、そのあげく結局は殆んど何も残らなかったのね。まるであぶくみたいに消えちゃったのね」

「君が残ってる」と僕は言った。

「私？」と緑は言っておかしそうに笑った。そして深く息を吸って吐きだした。「もう上に行きましょう。ここ寒いわ」

二階に上ると彼女は僕を食卓に座らせ、風呂をわかした。そのあいだ僕はやかんにお湯をわかし、お茶を入れた。そして風呂がわくまで、僕と緑は食卓で向いあってお茶を飲んだ。彼女は頬杖をついてしばらくじっと僕の顔を見ていた。時計のコツコツという音と冷蔵庫のサーモスタットが入ったり切れたりする音の他には何も聞こえなかった。時計はもう十二時近くを指していた。

「ワタナベ君ってよく見るとけっこう面白い顔してるのね」と緑は言った。

「そうかな」と僕は少し傷ついて言った。

「私って面食いの方なんだけど、あなたの顔って、ほら、よく見ているとだんだんまあこの人でもいいやって気がしてくるのね」

「僕もときどき自分のことそう思うよ。まあ俺でもいいやって」

「ねえ、私、悪く言ってるんじゃないのよ。私ね、うまく感情を言葉で表わすことができないのよ。だからしょっちゅう誤解されるの。私が言いたいのは、あなたのことが好きだってこと。これさっき言ったかしら？」

「言った」と僕は言った。

「つまり私も少しずつ男の人のことを学んでいるの」

緑はマルボロの箱を持ってきて一本吸った。「最初がゼロだといろいろ学ぶこと多いわね」

「だろうね」と僕は言った。

「あ、そうだ。お父さんにお線香あげてくれる？」と緑が言った。僕は彼女のあとをついて仏壇のある部屋に行って、お線香をあげて手をあわせた。

「私ね、この前お父さんのこの写真の前で裸になっちゃったの。全部脱いでじっくり見せてあげたの。ヨガみたいにやって。はい、お父さん、これオッパイよ、これオマンコよって」と緑は言った。

「なんでまた？」といささか啞然として質問した。

「なんとなく見せてあげたかったのよ。だって私という存在の半分はお父さんの精子でしょ？　見せてあげたっていいじゃない。これがあなたの娘ですよって。まあいささか酔払っていたせいはあるけれど」

「ふむ」

「お姉さんがそこに来て腰抜かしてね。だって私がお父さんの遺影の前で裸になって股広げてるんですもの、そりゃまあ驚くわよね」

「まあ、そうだろうね」

「それで私、主旨を説明したの。これこれこういうわけなのよ、だからモモちゃんも私の隣りに来て服脱いで一緒にお父さんに見せてあげようって。でも彼女やんなかったわ。あきれて向うに行っちゃったの。そういうところすごく保守的なの」

「比較的まともなんだよ」と僕は言った。

「ねえ、ワタナベ君はお父さんのことどう思った？」

「僕は初対面の人ってわりに苦手なんだけど、あの人と二人になっても苦痛は感じなかったね。けっこう気楽にやってたよ。いろんな話したし」

「どんな話したの？」

「エウリピデス」

緑はすごく楽しそうに笑った。「あなたって変ってるわねえ。死にかけて苦しんでいる初対面の病人にいきなりエウリピデスの話する人ちょっといないわよ」

「お父さんの遺影に向って股広げる娘だってちょっといない」と僕は言った。

緑はくすくす笑ってから仏壇の鉦《かね》をちーんと鳴らした。「お父さん、おやすみ。私たちこれから楽しくやるから、安心して寝てなさい。もう苦しくないでしょ？　もう死んじゃったんだもん、苦しくないわよね。もし今も苦しかったら神様に文句言いなさいね。これじゃちょっとひどすぎるんじゃないかって。天国でお母さんと会ってしっぽりやってなさい。おしっこの世話するときおちんちん見たけど、なかなか立派だったわよ。だから頑張るのよ。おやすみ」

我々は交代で風呂に入り、パジャマに着がえた。僕は彼女の父親が少しだけ使った新品同様のパジャマを借りた。いくぶん小さくはあったけれど、何もないよりはましだった。緑は仏壇のある部屋に客用の布団を敷いてくれた。

「仏壇の前だけど怖くない？」と緑が訊いた。

「怖かないよ。何も悪いことしてないもの」僕は笑って言った。

「でも私が眠るまでそばにいて抱いてくれるわよね？」

「いいよ」

僕は緑の小さなベッドの端っこで何度も下に転げ落ちそうになりながら、ずっと彼女の体を抱いていた。緑は僕の胸に鼻を押しつけ、僕の腰に手を置いていた。僕は右手を彼女の背中にまわし、左手でベッドの枠をつかんで落っこちないように体を支えていた。性的に高揚する環境とはとてもいえない。僕の鼻先に緑の頭があって、その短かくカットされた髪がときどき僕の鼻をむずむずさせた。

「ねえ、ねえ、ねえ、何か言ってよ」と緑が僕の胸に顔を埋めたまま言った。

「どんなこと？」

「なんだっていいわよ。私が気持良くなるようなこと」

「名前つけて言って」

「ミドリ」と彼女は言った。「名前つけて言って」

「すごく可愛いよ、ミドリ」と僕は言いなおした。

「すごくってどれくらい？」

「山が崩れて海が干上がるくらい可愛い」

緑は顔を上げて僕を見た。「あなたって表現がユニークねえ」

「君にそう言われると心が和むね」と僕は笑って言った。

「もっと素敵なこと言って」

「君が大好きだよ、ミドリ」

「どれくらい好き？」

「春の熊くらい好きだよ」

「春の熊？」と緑がまた顔を上げた。「それ何よ、春の熊って？」

「春の野原を君が一人で歩いているとね、向うからビロードみたいな毛なみの目のくりっとした可愛い子熊がやってくるんだ。そして君にこう言うんだよ。『今日は、お嬢さん、僕と一緒に転がりっこしませんか』って言うんだ。そして君と子熊で抱きあってクローバーの茂った丘の斜面をころころと転がって一日中遊ぶんだ。そういうのって素敵だろ？」

「すごく素敵」

「それくらい君のことが好きだ」

緑は僕の胸にしっかりと抱きついた。「最高」と彼女は言った。「そんなに好きなら私の言うことなんでも聞いてくれるわよね？　怒らないわよね？」

「もちろん」

「それで、私のことずっと大事にしてくれるわよね」

「もちろん」と僕は言った。そして彼女の短かくてやわらかい小さな男の子のような髪を撫でた。「大丈夫、心配ないよ。何もかもうまくいくさ」

「でも怖いのよ、私」と緑は言った。

僕は彼女の肩をそっと抱いていたが、そのうちに肩が規則的に上下しはじめ、寝息も聞こえてきたので、静かに緑のベッドを抜け出し、台所に行ってビールを一本飲んだ。まったく眠くはなかったので何か本でも読もうと思ったが、見まわしたところ本らしきものは一冊として見あたらなかった。緑の部屋に行って本棚の本を何か借りようかとも思ったがばたばたとして彼女を起こしたくなかったのでやめた。

しばらくぼんやりとビールを飲んでいるうちに、そうだ、ここは書店なのだ、と僕は思った。僕は下に下りて店の電灯を点け、文庫本の棚を探してみた。読みたいと思うようなものは少く、その大半は既に読んだことのあるものだった。しかしとにかく何か読むものは必要だったので、長いあいだ売れ残っていたらしく背表紙の変色したヘルマン・ヘッセの「車輪の下」を選び、その分の金をレジスターのわきに置いた。少くともこれで小林書店の在庫は少し減ったことになる。

僕はビールを飲みながら、台所のテーブルに向って「車輪の下」を読みつづけた。最初に「車輪の下」を読んだのは中学校に入った年だった。そしてそれから八年後に、僕は女の子の家の台所で真夜中に死んだ父親の着ていたサイズの小さいパジャマを着て同じ本を読んでいるわけだ。なんだか不思議なものだなと僕は思った。もしこういう状況に置かれなかったら、僕は「車輪の下」なんてまず読みかえさなかっただろう。

でも「車輪の下」はいささか古臭いところはあるにせよ、悪くない小説だった。僕はしんとしずまりかえった深夜の台所で、けっこう楽しくその小説を一行一行ゆっくりと読みつづけた。棚にはほこりをかぶったブランディーが一本あったので、それを少しコーヒー・カップに注いで飲んだ。ブランディーは体を温めてくれたが、眠気の方はさっぱり訪れてはくれなかった。

三時前にそっと緑の様子を見に行ってみたが、彼女はずいぶん疲れていたらしくぐっすりと眠りこんでいた。窓の外に立った商店街の街灯の光が部屋の中を月光のようにほんのりと白く照らしていて、その光に背を向けるような格好で彼女は眠っていた。緑の体はまるで凍りついたみたいに身じろぎひとつしなかった。耳を近づけると寝息が聞こえるだけだった。父親そっくりの眠り方だなと僕は思った。

ベッドのわきには旅行鞄がそのまま置かれ、白いコートが椅子の背にかけてあった。机の上はきちんと整理され、その前の壁にはスヌーピーのカレンダーがかかっていた。僕は窓のカーテンを少し開けて、人気のない商店街を見下ろした。どの店もシャッターを閉ざし、酒屋の前に並んだ自動販売機だけが身をすくめるようにしてじっと夜明けを待っていた。長距離トラックのタイヤのうなりがときおり重々しくあたりの空気を震わせていた。僕は台所に戻ってブランディーをもう一杯飲み、そして「車輪の下」を読みつづけた。

その本を読み終えたとき、空はもう明るくなりはじめていた。僕はお湯をわかしてインスタント・コーヒーを飲み、テーブルの上にあったメモ用紙にボールペンで手紙を書いた。ブランディーをいくらかもらった、「車輪の下」を買った、夜が明けたので帰る、さようなら、と僕は書いた。そして少し迷ってから、「眠っているときの君はとても可愛い」と書いた。それから僕はコーヒー・カップを洗い、台所の電灯を消し、階段を下りてそっと静かにシャッターを上げて外に出た。近所の人に見られて不審に思われるんじゃないかと心配したが、朝の六時前にはまだ誰も通りを歩いてはいなかった。例によって鴉が屋根の上にとまってあたりを睥睨しているだけだった。僕は緑の部屋の淡いピンクのカーテンのかかった窓を少し見上げてから都電の駅まで歩き、終点で降りて、そこから寮まで歩いた。朝食を食べさせる定食屋が開いていたので、そこであたたかいごはんと味噌汁と菜の漬けものと玉子焼を食べた。そして寮の裏手にまわって一階の永沢さんの部屋の窓を小さくノックした。永沢さんはすぐに窓を開けてくれ、僕はそこから彼の部屋に入った。

「コーヒーでも飲むか?」と彼は言ったが、いらないと僕は断った。そして礼を言って自分の部屋に引きあげ、歯をみがきズボンを脱いでから布団の中にもぐりこんでしっかりと目を閉じた。やがて夢のない、重い鉛の扉のような眠りがやってきた。

＊

僕は毎週直子に手紙を書き、直子からも何通か手紙が来た。それほど長い手紙ではなかった。十一月になってだんだん朝夕が寒くなってきたと手紙にはあった。

「あなたが東京に帰っていなくなってしまったのと秋が深まったのが同時だったので、体の中にぽっかり穴があいてしまったような気分になったのがあなたのいないせいなのかそれとも季節のもたらすものなのか、しばらくわかりませんでした。レイコさんとよくあなたの話をします。彼女からもあなたにくれぐれもよろしくということです。レイコさんは相変らず私にとても親切にしてくれます。もし彼女がいなかったら、私はたぶんここの生活に耐えられなかったと思います。淋しくなると私は泣きます。泣けるのは良いことだとレイコさんは言います。でも淋しいというのは本当に辛いものです。私が淋しがっていると、夜に闇の中からいろんな人が話しかけてくるのです。夜の樹々が風でさわさわと鳴るように、いろんな人が私に向って話しかけてくるのです。キズキ君やお姉さんと、そんな風にしてよくお話をします。あの人たちもやはり淋しがって、話し相手を求めているのです。

ときどきそんな淋しくて辛い夜に、あなたの手紙を読みかえします。外から入ってくる多くのものは私の頭を混乱させますが、ワタナベ君の書いてきてくれるあなたのまわりの世界の出来事は私をとてもホッとさせてくれます。不思議ですね。どうしてでしょう。だから私も何度も読みかえし、レイコさんも同じように何度か読みます。そしてその内容について二人で話しあったりします。ミドリさんという人のお父さんのことを書いた部分なんて私とても好きです。私たちは週に一度やってくるあなたの手紙を数少ない娯楽のひとつとして──手紙は娯楽なのです、ここでは──楽しみにしています。

私もなるべく暇をみつけては手紙を書くように心懸けてはいるのですが、便箋を前にするといつもいつも私の気持は沈みこんでしまいます。この手紙も力をふりしぼって書いています。返事を書かなくちゃいけないとレイコさんに叱られたからです。でも誤解しないで下さい。私はワタナベ君に対して話したいことや伝えたいことがいっぱいあるのです。ただそれをうまく文章にすることができないのです。だから私には手紙を書くのが辛いのです。

ミドリさんというのはとても面白そうな人ですね。この手紙を読んで彼女はあなたのことを好きなんじゃないかという気がしてレイコさんにそう言ったら、『あたり前じゃない、私だってワタナベ君のこと好きよ』ということでした。私たちは毎日キノコをとったり栗を拾ったりして食べています。栗ごはん、松茸ごはんというのがずっとつづいていますが、おいしくて食べ飽きません。しかしレイコさんは相変らず小食で煙草ばかり吸いつづけています。鳥もウサギも元気です。さよなら」

＊

僕の二十回目の誕生日の三日あとに直子から僕あての小包みが送られてきた。中には葡萄色の丸首のセーターと手紙が入っていた。

「お誕生日おめでとう」と直子は書いていた。「あなたの二十歳が幸せなものであることを祈っています。私の二十歳はなんだかひどいもののまま終ってしまいそうだけれど、あなたが私のぶんもあわせたくらい幸せになってくれると嬉しいです。これ本当よ。このセーターは私とレイコさんが半分ずつ編みました。もし私一人でやっていたら、来年のバレンタイン・デーまでかかったでしょう。上手い方の半分が彼女で下手な方の半分が私です。レイコさんという人は何をやらせても上手い人で、彼女を見ていると時々私はつくづく自分が嫌になってしまいます。だって私には人に自慢できることなんて何もないんだもの。さようなら。お元気で」

レイコさんからの短かいメッセージも入っていた。

「元気？　あなたにとって直子は至福の如き存在かもしれませんが、私にとってはただの手先の不器用な女の子にすぎません。でもまあなんとか間にあうようにセーターは仕上げました。どう、素敵でしょう？　色とかたちは二人で決めました。誕生日おめでとう」

第十章

一九六九年という年は、僕にどうしようもないぬかるみを思い起こさせる。一歩足を動かすたびに靴がすっぽりと脱げてしまいそうな深く重いねばり気のあるぬかるみだ。そんな泥土の中を、僕はひどい苦労をしながら歩いていた。前にもうしろにも何も見えなかった。ただどこまでもその暗い色をしたぬかるみが続いているだけだった。

時さえもがそんな僕の歩みにあわせてたどたどしく流れた。まわりの人間はとっくに先の方まで進んでいて、僕と僕の時間だけがぬかるみの中をぐずぐずと這いまわっていた。僕のまわりで世界は大きく変ろうとしていた。その時代にはジョン・コルトレーンやら誰やら彼やら、いろんな人が死んだ。人々は変革を叫び、変革はすぐそこの角までやってきているように見えた。でもそんな出来事は全て何もかも実体のない無意味な背景画にすぎなかった。僕は殆んど顔も上げずに、一日一日と日々を送っていくだけだった。僕の目に映るのは無限につづくぬかるみだけだった。右足を前におろし、左足を上げ、そしてまた右足をあげた。自分がどこにいるのかも定かではなかった。正しい方向に進んでいるという確信もなかった。ただどこかに行かないわけにはいかないから、一歩また一歩と足を運んでいるだけだった。

僕は二十歳になり、秋は冬へと変化していったが、僕の生活には変化らしい変化はなかった。僕は何の感興もなく大学に通い、週に三日アルバイトをし、時折「グレート・ギャツビイ」を読みかえし、日曜日が来ると洗濯をして、直子に長い手紙を書いた。ときどき緑と会って食事をしたり、動物園に行ったり、映画を見たりした。小林書店を売却する話はうまく進み、彼女と彼女の姉は地下鉄の茗荷谷のあたりに2DKのアパートを借りて二人で住むことになった。お姉さんが結婚したらそこを出てどこかにアパートを借りるのだ、と緑は言った。僕は一度そこに呼ばれて昼ごはんを食べさせてもらったが、陽あたりの良い綺麗なアパートで、緑も小林書店にいるときよりはそこでの生活の方がずっと楽しそうだった。

永沢さんは何度か遊びに行こうと僕を誘ったが、僕はそのたびに用事があるからと言って断った。僕はただ面倒臭かったのだ。もちろん女の子と寝たくないわけではない。ただ夜の町で酒を飲んで、適当な女の子を探して、話をして、ホテルに行ってという過程を思うと僕はいささかうんざりした。そしてそんなことを延々とつづけていてうんざりすることも飽きることもない永沢さんという男にあらためて畏敬の念を覚えた。ハツミさんに言われたせいもあるかもしれないけれど、名前も知らないつまらない女の子と寝るよりは直子のことを思い出している方が僕は幸せな気持になれた。草原のまん中で僕を射精へと導いてくれた直子の指の感触は僕の中に何よりも鮮明に残っていた。

僕は十二月の始めに直子に手紙を書いて、冬休みにそちらに会いに行ってかまわないだろうかと訊ねた。レイコさんが返事を書いてきた。来てくれるのはすごく嬉しいし楽しみにしている、と手紙にはあった。直子は今あまりうまく手紙が書けないので私がかわりに書いています。でもとくに彼女の具合がわるいというのでもないからあまり心配しないように。波のようなものがあるだけです。

大学が休みに入ると僕は荷物をリュックに詰め、雪靴をはいて京都まで出かけた。あの奇妙な医者が言うように雪に包まれた山の風景は素晴しく美しいものだった。僕は前と同じように直子とレイコさんの部屋に二泊し、前とだいたい同じような三日間を過した。日が暮れるとレイコさんがギターを弾き、我々は三人で話をした。昼間のピクニックのかわりに我々は三人でクロス・カントリー・スキーをした。スキーをはいて一時間も山の中を歩いていると息が切れて汗だくになった。暇な時間にはみんなが雪かきをするのを手伝ったりもした。宮田というあの奇妙な医者はまた我々の夕食のテーブルにやってきて「どうして手の中指は人さし指より長く、足の方は逆なのか」について教えてくれた。門番の大村さんはまた東京の豚肉の話をした。レイコさんは僕が土産がわりに持っていったレコードをとても喜んでくれて、そのうちの何曲かを譜面にしてギターで弾いた。

秋に来たときに比べて直子はずっと無口になっていた。三人でいると彼女は殆んど口をきかないでソファーに座ってにこにこと微笑んでいるだけだった。そのぶんをレイコさんがしゃべった。「でも気にしないで」と直子は言った。「今こういう時期なの。しゃべるより、あなたたちの話を聞いてる方がずっと楽しいの」

レイコさんが用事を作ってどこかに行ってしまうと、僕と直子はベッドの上で抱きあった。僕は彼女の首や肩や乳房にそっと口づけし、直子は前と同じように指で僕を導いてくれた。射精しおわったあとで、僕は直子を抱きながら、この二ヵ月ずっと君の指の感触のことを覚えてたんだと言った。そして君のことを考えながらマスターベーションしてた、と。

「他の誰とも寝なかったの？」と直子が訊ねた。

「寝なかったよ」と僕は言った。

「じゃあ、これも覚えていてね」と彼女は言って体を下にずらし、僕のペニスにそっと唇をつけ、それからあたたかく包みこみ、舌をはわせた。直子のまっすぐな髪が僕の下腹に落ちかかり、彼女の唇の動きにあわせてさらさらと揺れた。そして僕は二度めの射精をした。

「覚えていられる？」とそのあとで直子が僕に訊ねた。

「もちろん、ずっと覚えているよ」と僕は言った。僕は直子を抱き寄せ、下着の中に指を入れてヴァギナにあててみたが、それは乾いていた。直子は首を振って、僕の手をどかせた。我々はしばらく何も言わずに抱きあっていた。

「この学年が終ったら寮を出て、どこかに部屋を探そうと思うんだ」と僕は言った。「寮暮しもだんだんうんざりしてきたし、まあアルバイトすれば生活費の方はなんとかなると思うし。それで、もしよかったら二人で暮さないか？　前にも言ったように」

「ありがとう。そんな風に言ってくれてすごく嬉しいわ」と直子は言った。

「ここは悪いところじゃないと僕も思うよ。静かだし、環境も申しぶんないし、レイコさんは良い人だしね。でも長くいる場所じゃない。長くいるにはこの場所はちょっと特殊すぎる。長くいればいるほどここから出にくくなってくると思うんだ」

直子は何も言わずに窓の外に目をやっていた。窓の外には雪しか見えなかった。雪雲がどんよりと低くたれこめ、雪におおわれた大地と空のあいだにはほんの少しの空間しかあいていなかった。

「ゆっくり考えればいいよ」と僕は言った。「いずれにせよ僕は三月までには引越すから、君はもし僕のところに来たいと思えばいつでもいいから来ればいいよ」

直子は肯いた。僕は壊れやすいガラス細工を持ちあげるときのように両腕で直子の体をそっと抱いた。彼女は僕の首に腕をまわした。僕は裸で、彼女は小さな白い下着だけを身につけていた。彼女の体は美しく、どれだけ見ていても見飽きなかった。

「どうして私濡れないのかしら?」と直子は小さな声で言った。「私がそうなったのは本当にあの一回きりなのよ。四月のあの二十歳のお誕生日だけ。あのあなたに抱かれた夜だけ。どうして駄目なのかしら?」

「それは精神的なものだから、時間が経てばうまくいくよ。あせることないさ」

「私の問題は全部精神的なものよ」と直子は言った。「もし私が一生濡れることがなくて、一生セックスができなくても、それでもあなたずっと私のこと好きでいられる? ずっとずっと手と唇だけで我慢できる? それともセックスの問題は他の女の人と寝て解決するの?」

「僕は本質的に楽天的な人間なんだよ」と僕は言った。

直子はベッドの上で身を起こして、Tシャツを頭からかぶり、フランネルのシャツを着て、ブルージーンズをはいた。僕も服を着た。

「ゆっくり考えさせてね」と直子は言った。「それからあなたもゆっくり考えてね」

「考えるよ」と僕は言った。「それから君のフェラチオすごかったよ」

直子は少し赤くなって、にっこり微笑んだ。「キズキ君もそう言ってたわ」

「僕とあの男とは意見とか趣味とかがよくあうんだ」と僕は言って、そして笑った。

そして我々は台所でテーブルをはさんで、コーヒーを飲みながら昔の話をした。彼女は少しずつキズキの話ができるようになっていた。ぽつりぽつりと言葉を選びながら、彼女は話した。雪は降ったりやんだりしていたが、三日間一度も晴れ間は見えなかった。三月に来られると思う、と僕は別れ際に言った。そしてぶ厚いコートの上から彼女を抱いて、口づけした。さよなら、と直子が言った。

＊

一九七〇年という耳馴れない響きの年がやってきて、僕の十代に完全に終止符を打った。そして僕は新しいぬかるみへと足を踏み入れた。学年末のテストがあって、僕は比較的楽にそれをパスした。他にやることもなくて殆ど毎日大学に通っていたわけだから、特別な勉強をしなくても試験をパスするくらい簡単なことだった。

寮内ではいくつかトラブルがあった。セクトに入って活動している連中が寮内にヘルメットや鉄パイプを隠していて、そのことで寮長子飼いの体育会系の学生たちとこぜりあいがあり、二人が怪我をして六人が寮を追い出された。その事件はかなりあとまで尾をひいて、毎日のようにどこかで小さな喧嘩があった。寮内にはずっと重苦しい空気が漂っていて、みんながピリピリとしていた。僕もそのとばっちりで体育会系の連中に殴られそうになったが、永沢さんが間に入ってなんとか話をつけてくれた。いずれにせよ、この寮を出る頃合だった。

試験が一段落すると僕は真剣にアパートを探しはじめた。そして一週間かけてやっと吉祥寺の郊外に手頃な部屋をみつけた。交通の便はいささか悪かったが、ありがたいことには一軒家だった。まあ掘りだしものと言ってもいいだろう。大きな地所の一角に離れか庭番小屋のようにそれはぽつんと建っていて、母屋とのあいだにはかなり荒れた庭が広がっていた。家主は表口を使い、僕は裏口を使うからプライヴァシーを守ることもできた。一部屋と小さなキッチンと便所、それに常識ではちょっと考えられないくらい広い押入れがついていた。庭に面して縁側まであった。来年もしかしたら孫が東京に出てくるかもしれないので、そのときは出ていくというのが条件で、そのせいで相場からすれば家賃はかなり安かった。家主は気の好さそうな老夫婦で、別にむずかしいことは言わんから好きにおやりなさいと言ってくれた。

引越しの方は永沢さんが手伝ってくれた。どこかから軽トラックを借りてきて僕の荷物を運び、約束どおり冷蔵庫とTVと大型の魔法瓶をプレゼントしてくれた。僕にとってはありがたいプレゼントだった。その二日後に彼も寮を出て三田のアパートに引越すことになっていた。

「まあ当分会うこともないと思うけど元気でな」と別れ際に彼は言った。「でも前にいつか言ったように、ずっと先に変なところでひょっとお前に会いそうな気がするんだ」

「楽しみにしてますよ」と僕は言った。

「ところであのときとりかえっこした女だけどな、美人じゃない子の方が良かった」

「同感ですね」と僕は笑って言った。「でも永沢さん、ハツミさんのこと大事にした方がいいですよ。あんな良い人なかなかいないし、あの人見かけより傷つきやすいから」

「うん、それは知ってるよ」と彼は肯いた。「だから本当を言えばだな、俺のあとをワタナベがひきうけてくれるのがいちばん良いんだよ。お前とハツミならうまくいくと思うし」

「冗談じゃないですよ」と僕は唖然として言った。

「冗談だよ」と永沢さんは言った。「ま、幸せになれよ。いろいろとありそうだけれど、お前も相当に頑固だからなんとかうまくやれると思うよ。ひとつ忠告していいかな、俺から」

「いいですよ」

「自分に同情するな」と彼は言った。「自分に同情するのは下劣な人間のやることだ」

「覚えておきましょう」と僕は言った。そして我々は握手をして別れた。彼は新しい世界へ、僕は自分のぬかるみへと戻っていった。

*

引越しの三日後に僕は直子に手紙を書いた。新しい住居の様子を書き、寮のごたごたから抜けだせ、これ以上下らない連中の下らない思惑にまきこまれないで済むんだと思うととても嬉しくてホッとする。ここで新しい気分で新しい生活を始めようと思っている。

「窓の外は広い庭になっていて、そこは近所の猫たちの集会所として使われています。僕は暇になると縁側に寝転んでそんな猫を眺めています。いったい何匹いるのかわからないけれど、とにかく沢山の数の猫がいます。そしてみんなで寝転んで日なたぼっこをしています。彼らとしては僕がここの離れに住むようになったことはあまり気に入らないようですが、古いチーズを置いてやると何匹かは近くに寄ってきておそるおそる食べました。そのうちに彼らとも仲良くなるかもしれません。中に一匹耳が半分ちぎれた縞の雄猫がいるのですが、これが僕の住んでいた寮の寮長にびっくりするくらいよく似ています。今にも庭で国旗を上げ始めるんじゃないかという気がするくらいです。

大学からは少し遠くなりましたが、専門課程に入ってしまえば朝の講義もずっと少くなるし、たいした問題はないと思います。電車の中でゆっくり本を読めるからかえって良いかもしれません。あとは吉祥寺の近辺で週三、四日のそれほどきつくないアルバイトの口を探すだけです。そうすればまた毎日ねじを巻く生活に戻ることができます。

僕としては結論を急がせるつもりはないのですが、春という季節は何かを新しく始めるには都合の良い季節だし、もし我々が四月から一緒に住むことができるとしたら、それがいちばん良いんじゃないかなという気がします。うまくいけば君も大学に復学できるし。一緒に住むのに問題があるとしたらこの近くで君のためにアパートを探すことも可能です。いちばん大事なことは我々がいつもすぐ近くにいることができるということです。もちろんとくに春という季節にこだわっているわけではありません。夏が良いと思うなら、夏でオーケーです。問題はありません。それについて君がどう思っているか、返事をくれませんか？

　僕はこれから少しまとめてアルバイトをしようかと思っています。引越しの費用を稼ぐためです。一人暮しをはじめると結構なんのかのとお金がかかります。鍋やら食器やら買い揃えなくちゃなりませんしね。でも三月になれば暇になるし、是非君に会いに行きたい。都合の良い日を教えてくれませんか。その日にあわせて京都に行こうと思います。君に会えることを楽しみにして返事を待っています」


　それから二、三日、僕は吉祥寺の町で少しずつ雑貨を買い揃え、家で簡単な食事を作りはじめた。近所の木材店で材木を買って切断してもらい、それで勉強机を作った。食事もとりあえずはそこで食べることにした。棚も作ったし、調味料も買い揃えた。生後半年くらいの雌の白猫が僕になついて、うちでごはんを食べるようになった。僕はその猫に「かもめ」という名前をつけた。

　一応それだけの体裁が整うと僕は町に出てペンキ屋のアルバイトを見つけ二週間ぶっとおしでペンキ屋の助手として働いた。給料は良かったが大変な労働だったし、シンナーで頭がくらくらした。仕事が終ると一膳飯屋で夕食を食べてビールを飲み家に帰って猫と遊び、あとは死んだように眠った。二週間経っても直子からの返事は来なかった。

僕はペンキを塗っている途中でふと緑のことを思いだした。考えてみれば僕はもう三週間近く緑と連絡をとっていないし、引越したことさえ知らせていなかったのだ。そろそろ引越ししようかと思うんだと僕が言って、そうと彼女が言ってそれっきりなのだ。

僕は公衆電話に入って緑のアパートの番号をまわした。お姉さんらしい人が出て僕が名前を告げると「ちょっと待ってね」と言った。しかしいくら待っても緑は出て来なかった。

「あのね、緑はすごく怒ってて、あなたとなんか話したくないんだって」とお姉さんらしい人が言った。「引越すときあなたあの子に何の連絡もしなかったでしょ？　行き先も教えずにぷいといなくなっちゃって、そのままでしょ。それでかんかんに怒ってるのよ。あの子一度怒っちゃうとなかなかもとに戻らないの。動物と同じだから」

「説明するから出してもらえませんか」

「説明なんか聞きたくないんだって」

「じゃあちょっと今説明しますから、申しわけないけど伝えてもらえませんか、緑さんに」

「嫌よ、そんなの」とお姉さんらしい人はつき放すように言った。「そういうことは自分で説明しなさいよ。あなた男でしょ？　自分で責任持ってちゃんとやんなさい」

仕方なく僕は礼を言って電話を切った。そしてまあ緑が怒るのも無理はないなと思った。僕は引越しと、新しい住居の整備と金を稼ぐための労働に追われて緑のことなんて全く思いだしもしなかったのだ。緑どころか直子のことだって殆んど思いだしもしなかった。僕には昔からそういうところがあった。何かに夢中になるとまわりのことが全く目に入らなくなってしまうのだ。

そしてもし逆に緑が行く先も言わずにどこかに引越してそのまま三週間も連絡してこなかったとしたらどんな気がするだろうと考えてみた。たぶん僕は傷ついただろう。それもけっこう深く傷ついただろう。何故なら僕らは恋人ではなかったけれど、ある部分ではそれ以上に親密にお互いを受け入れあっていたからだ。僕はそう思うとひどく切ない気持になった。他人の心を、それも大事な相手の心を無意識に傷つけるというのはとても嫌なものだった。

僕は仕事から家に戻ると新しい机に向って緑への手紙を書いた。僕は自分の思っていることを正直にそのまま書いた。言い訳も説明もやめて、自分が不注意で無神経であったことを詫びた。君にとても会いたい。新しい家も見に来てほしい。返事を下さい、と書いた。そして速達切手を貼ってポストに入れた。

しかしどれだけ待っても返事は来なかった。

奇妙な春のはじめだった。僕は春休みのあいだずっと手紙の返事を待ちつづけていた。旅行にも行けず、帰省もできず、アルバイトもできなかった。何日頃に会いに来てほしいという直子からの手紙がいつ来るかもしれなかったからだ。僕は昼は吉祥寺の町に出て二本立ての映画を見たり、ジャズ喫茶で半日、本を読んでいた。誰とも会わなかったし、殆んど誰とも口をきかなかった。そして週に一度直子に手紙を書いた。手紙の中では僕は返事のことには触れなかった。彼女を急《せ》かすのが嫌だったからだ。僕はペンキ屋の仕事のことを書き、「かもめ」のことを書き、庭の桃の花のことを書き、親切な豆腐屋のおばさんと意地のわるい惣菜屋のおばさんのことを書き、僕が毎日どんな食事を作っているかについて書いた。それでも返事はこなかった。

本を読んだり、レコードを聴いたりするのにも飽きると、僕は少しずつ庭の手入れをした。家主のところで庭ぼうきと熊手とちりとりと植木ばさみを借り、雑草を抜き、ぼうぼうにのびた植込みを適当に刈り揃えた。少し手を入れただけで庭はけっこうきれいになった。そんなことをしていると家主が僕を呼んで、お茶でも飲みませんか、と言った。僕は母屋の縁側に座って彼と二人でお茶を飲み、煎餅を食べ、世間話をした。彼は退職してからしばらく保険会社の役員をしていたのだが、二年前にそれもやめてのんびりと暮している のだと言った。家も土地も昔からのものだし、子供もみんな独立してしまったし、何をせずとものんびりと老後を送れるのだと言った。だからしょっちゅう夫婦二人で旅行をするのだ、と。

「いいですね」と僕は言った。

「よかないよ」と彼は言った。「旅行なんてちっとも面白くないね。仕事してる方がずっと良い」

庭をいじらないで放ったらかしておいたのはこのへんの植木屋にロクなのがいないからで、本当は自分が少しずつやればいいのだが最近鼻のアレルギーが強くなって草をいじることができないのだということだった。そうですか、と僕は言った。お茶を飲み終ると彼は僕に納屋を見せて、お礼というほどのこともできないが、この中にあるのは全部不要品みたいなものだから使いたいものがあったらなんでも使いなさいと言ってくれた。納屋の中には実にいろんなものがつまっていた。風呂桶から子供用プールから野球のバットまであった。僕は古い自転車とそれほど大きくない食卓と椅子を二脚と鏡とギターをみつけて、もしよかったらこれだけお借りしたいと言った。好きなだけ使っていいよと彼は言った。

僕は一日がかりで自転車の錆をおとし、油をさし、タイヤに空気を入れ、ギヤを調整し、自転車屋でクラッチ・ワイヤを新しいものにとりかえてもらった。それで自転車は見ちがえるくらい綺麗になった。食卓はすっかりほこりを落としてからニスを塗りなおした。ギターの弦も全部新しいものに替え、板のはがれそうになっていたところは接着剤でとめた。錆もワイヤ・ブラシできれいに落とし、ねじも調節した。たいしたギターではなかったけれど、一応正確な音は出るようになった。考えてみればギターを手にしたのなんて高校以来だった。僕は縁側に座って、昔練習したドリフターズの「アップ・オン・ザ・ルーフ」を思いだしながらゆっくりと弾いてみた。不思議にまだちゃんと大体のコードを覚えていた。

それから僕は余った木材で郵便受けを作り、赤いペンキを塗り名前を書いて戸の前に立てておいた。しかし四月三日までそこに入っていた郵便物といえば転送されてきた高校のクラス会の通知だけだったし、僕はたとえ何があろうとそんなものにだけは出たくなかった。何故ならそれは僕とキズキのいたクラスだったからだ。僕はそれをすぐに屑かごに放りこんだ。

四月四日の午後に一通の手紙が郵便受けに入っていたが、それはレイコさんからのものだった。封筒の裏に石田玲子という名前が書いてあった。僕ははさみできれいに封を切り、縁側に座ってそれを読んだ。最初からあまり良い内容のものではないだろうという予感はあったが、読んでみると果してそのとおりだった。

はじめにレイコさんは手紙の返事が大変遅くなったことを謝っていた。直子はあなたに返事を書こうとずっと悪戦苦闘していたのだが、どうしても書きあげることができなかった。私は何度もかわりに書いてあげよう、返事が遅くなるのはいけないからと言ったのだが、直子はこれはとても個人的なことだしどうしても自分が書くのだと言いつづけていて、それでこんなに遅くなってしまったのだ。いろいろ迷惑をかけたかもしれないが許してほしい、と彼女は書いていた。

「あなたもこの一ヵ月手紙の返事を待ちつづけて苦しかったかもしれませんが、直子にとってもこの一ヵ月はずいぶん苦しい一ヵ月だったのです。それはわかってあげて下さい。正直に言って今の彼女の状況はあまり好ましいものではありません。彼女はなんとか自分の力で立ち直ろうとしたのですが、今のところまだ良い結果は出ていません。

考えてみれば最初の徴候はうまく手紙が書けなくなってきたことでした。十一月のおわりか、十二月の始めころからです。それから幻聴が少しずつ始まりました。彼女が手紙を書こうとすると、いろんな人が話しかけてきて手紙を書くのを邪魔するのです。彼女が言葉を選ぼうとすると邪魔をするわけです。しかしあなたの二回目の訪問までは、こういう症状も比較的軽度のものだったし、私も正直言ってそれほど深刻には考えていませんでした。私たちにはある程度そういう症状の周期のようなものがあるのです。でもあなたが帰ったあとで、その症状はかなり深刻なものになってしまいました。彼女は今、日常会話するのにもかなりの困難を覚えています。言葉が選べないのです。それで直子は今ひどく混乱しています。混乱して、怯えています。幻聴もだんだんひどくなっています。

私たちは毎日専門医をまじえてセッションをしています。直子と私と医師の三人でいろんな話をしながら、彼女の中の損われた部分を正確に探りあてようとしているわけです。私はできることならあなたを加えたセッションを行いたいと提案し、医者もそれには賛成したのですが、直子が反対しました。彼女の表現をそのまま伝えると『会うときは綺麗な体で彼に会いたいから』というのがその理由です。問題はそんなことではなく一刻も早く回復することなのだと私はずいぶん説得したのですが、彼女の考えは変りませんでした。

前にもあなたに説明したと思いますがここは専門的な病院ではありません。もちろんちゃんとした専門医はいて有効な治療を行いますが、集中的な治療をすることは困難です。ここの施設の目的は患者が自己治療できるための有効な環境を作ることであって、医学的治療は正確にはそこには含まれていないのです。だからもし直子の病状がこれ以上悪化するようであれば、別の病院なり医療施設に移さざるを得ないということになるでしょう。私としても辛いことですが、そうせざるをえないのです。もちろんそうなったとしても治療のための一時的な『出張』ということで、またここに戻ってくることは可能です。あるいはうまくいけばそのまま完治して退院ということになるかもしれませんね。いずれにせよ私たちも全力を尽していますし、直子も全力を尽しています。あなたも彼女の回復を祈っていて下さい。そしてこれまでどおり手紙を書いてやって下さい。

三月三十一日

石田玲子」

手紙を読んでしまうと僕はそのまま縁側に座って、すっかり春らしくなった庭を眺めた。庭には古い桜の木があって、その花は殆んど満開に近いところまで咲いていた。風はやわらかく、光はぼんやりと不思議な色あいにかすんでいた。少しすると「かもめ」がどこかからやってきて縁側の板をしばらくかりかりとひっかいてから、僕の隣りで気持良さそうに体をのばして眠ってしまった。

何かを考えなくてはと思うのだけれど、何をどう考えていけばいいのかわからなかった。それに正直なところ何も考えたくなかった。そのうちに何かを考えざるをえない時がやってくるだろうし、そのときにゆっくり考えようと僕は思った。少くとも今は何も考えたくはない。

僕は縁側で「かもめ」を撫でながら柱にもたれて一日庭を眺めていた。まるで体中の力が抜けてしまったような気がした。午後が深まり、薄暮がやってきて、やがてほんのりと青い夜の闇が庭を包んだ。「かもめ」はもうどこかに姿を消してしまっていたが、僕はまだ桜の花を眺めていた。春の闇の中の桜の花は、まるで皮膚を裂いてはじけ出てきた爛れた肉のように僕には見えた。庭はそんな多くの肉の甘く重い腐臭に充ちていた。そして僕は直子の肉体を思った。直子の美しい肉体は闇の中に横たわり、その肌からは無数の植物の芽が吹き出し、その緑色の小さな芽はどこかから吹いてくる風に小さく震えて揺れていた。どうしてこんなに美しい体が病まなくてはならないのか、と僕は思った。何故彼らは直子をそっとしておいてはくれないのだ？

僕は部屋に入って窓のカーテンを閉めたが、部屋の中にもやはりその春の香りは充ちていた。春の香りはあらゆる地表に充ちているのだ。しかし今、それが僕に連想させるのは腐臭だけだった。僕はカーテンを閉めきった部屋の中で春を激しく憎んだ。僕は春が僕にもたらしたものを憎み、それが僕の体の奥にひきおこす鈍い疼きのようなものを憎んだ。生まれてこのかた、これほどまで強く何かを憎んだのははじめてだった。

それから三日間、僕はまるで海の底を歩いているような奇妙な日々を送った。誰かが僕に話しかけても僕にはうまく聴こえなかったし、僕が誰かに何かを話しかけても、彼らはそれを聴きとれなかった。まるで自分の体のまわりにぴったりとした膜が張ってしまったような感じだった。その膜のせいで、僕はうまく外界と接触することができないのだ。しかしそれと同時に彼ら
も僕の肌に手を触れることはできないのだ。僕自身は無力だが、こういう風にしている限り、彼らもまた僕に対しては無力なのだ。

僕は壁にもたれてぼんやりと天井を眺め、腹が減るとそのへんにあるものをかじり、水を飲み、哀しくなるとウィスキーを飲んで眠った。風呂にも入らず、髭も剃らなかった。そんな風にして三日が過ぎた。

四月六日に緑から手紙が来た。四月十日に課目登録があるから、その日に大学の中庭で待ちあわせて一緒にお昼ごはんを食べないかと彼女は書いていた。返事はうんと遅らせてやったけれど、これでおあいこだから仲直りしましょう。だってあなたに会えないのはや

はり淋しいもの、と緑の手紙には書いてあった。僕はその手紙を四回読みかえしてみたが、彼女の言わんとすることはよく理解できなかった。この手紙は何を意味しているのだ、いったい？　僕の頭はひどく漠然としていて、ひとつの文章と次の文章のつながりの接点をうまくみつけることができなかった。どうして「課目登録」の日に彼女と会うことが「おあいこ」なのだ？　何故彼女は僕と「お昼ごはん」を食べようとしているのだ？なんだか僕の頭までおかしくなりつつあるみたいだな、と僕は思った。意識がひどく弛緩して、暗黒植物の根のようにふやけていた。こんな風にしてちゃいけないな、と僕はぼんやりとした頭で思った。いつまでもこんなことしてちゃいけない、なんとかしなきゃ。そして僕は「自分に同情するな」という永沢さんの言葉を突然思いだした。「自分に同情するのは下劣な人間のやることだ」

やれやれ永沢さん、あなたは立派ですよ、と僕は思った。そしてため息をついて立ち上がった。

僕は久しぶりに洗濯をし、風呂屋に行って髭を剃り、部屋の掃除をし、買物をしてきちんとした食事を作って食べ、腹を減らせた「かもめ」に餌をやり、ビール以外の酒を飲まず、体操を三十分やった。髭を剃るときに鏡を見ると、顔がげっそりとやせてしまったことがわかった。目がいやにぎょろぎょろとしていて、なんだか他人の顔みたいだった。

翌朝僕は自転車に乗って少し遠出をし、家に戻って昼食を食べてから、レイコさんの手紙をもう一度読みかえしてみた。そしてこれから先どういう風にやっていけばいいのかを腰を据えて考えてみた。レイコさんの手紙を読んで僕が大きなショックを受けた最大の理由は、直子は快方に向いつつあるという僕の楽観的観測が一瞬にしてひっくり返されてしまったことにあった。直子自身、自分の病いは根が深いのだと言ったし、レイコさんも何が起るかはわからないわよと言った。しかしそれでも僕は二度直子に会って、彼女はよくなりつつあるという印象を受けたし、唯一の問題は現実の社会に復帰する勇気を彼女がとり戻すことだという風に思っていたのだ。そして彼女さえその勇気をとり戻せば、我々は二人で力をあわせてきっとうまくやっていけるだろうと。

しかし僕が脆弱な仮説の上に築きあげた幻想の城はレイコさんの手紙によってあっという間に崩れおちてしまった。そしてそのあとには無感覚なのっぺりとした平面が残っているだけだった。僕はなんとか体勢を立てなおさねばならなかった。直子がもう一度回復するには長い時間がかかるだろうと僕は思った。そしてたとえ回復したにせよ、回復したときの彼女は以前よりもっと衰弱し、もっと自信を失くしているだろう。僕はそういう新しい状況に自分を適応させねばならないのだ。もちろん僕が強くなったところで問題の全てが解決するわけではないということはよくわかっていたが、いずれにせよ僕にできることと言えば自分の士気を高めることくらいしかないのだ。そして彼女の回復をじっと待ちつづけるしかない。

おいキズキ、と僕は思った。お前とちがって俺は生きると決めたし、それも俺なりにきちんと生きると決めたんだ。お前だってきっと辛かっただろうけど、俺だって辛いんだ。本当だよ。これというのもお前が直子を残して死んじゃったせいなんだぜ。でも俺は彼女を絶対に見捨てないよ。何故なら俺は彼女が好きだし、彼女よりは俺の方が強いからだ。そして俺は今よりももっと強くなる。そして成熟する。大人になるんだよ。そうしなくてはならないからだ。俺はこれまでできることなら十七や十八のままでいたいと思っていた。でも今はそうは思わない。俺はもう十代の少年じゃないんだよ。俺は責任というものを感じるんだ。なあキズキ、俺はもうお前と一緒にいた頃の俺じゃないんだよ。俺はもう二十歳になったんだよ。そして俺は生きつづけるための代償をきちっと払わなきゃならないんだよ。

「ねえ、どうしたのよ、ワタナベ君?」と緑は言った。「ずいぶんやせちゃったじゃない、あなた?」

「そうかな?」と僕は言った。

「やりすぎたんじゃない、その人妻の愛人と？」

僕は笑って首を振った。「去年の十月の始めから女と寝たことなんて一度もないよ」

緑はかすれた口笛を吹いた。「もう半年もあれやってないの？　本当？」

「そうだよ」

「じゃあ、どうしてそんなにやせちゃったの？」

「大人になったからだよ」と僕は言った。

緑は僕の両肩を持って、じっと僕の目をのぞきこんだ。そしてしばらく顔をしかめて、やがてにっこりと笑った。「本当だ。たしかに何か少し変ってるみたい。前に比べて」

「大人になったからだよ」

「あなたって最高ね。そういう考え方できるのって」と彼女は感心したように言った。

「ごはん食べに行こう。おなか減っちゃったわ」

我々は文学部の裏手にある小さなレストランに行って食事をすることにした。僕はその日のランチの定食を注文し、彼女もそれでいいと言った。

「ねえ、ワタナベ君、怒ってる？」と緑が訊いた。

「何に対して？」

「つまり私が仕返しにずっと返事を書かなかったことに対して。そういうのっていけないことだと思う？　あなたの方はきちんと謝ってきたのに？」

「僕の方が悪かったんだから仕方ないさ」と僕は言った。

「お姉さんはそういうのっていけないっていうの。あまりにも非寛容で、あまりにも子供じみてるって」

「でもそれでとにかくすっきりしたんだろう？　仕返しして？」

「うん」

「じゃあそれでいいじゃないか」

「あなたって本当に寛容なのね」と緑は言った。「ねえ、ワタナベ君、本当にもう半年もセックスしてないの？」

「してないよ」と僕は言った。

「じゃあ、この前私を寝かしつけてくれた時なんか本当はすごくやりたかったんじゃないの？」

「まあ、そうだろうね」

「でもやらなかったのね？」

「君は今、僕のいちばん大事な友だちだし、君を失くしたくないからね」と僕は言った。

「私、あのときあなたが迫ってきてもたぶん拒否できなかったわよ。あのときすごく参ってたから」

「でも僕のは固くて大きいよ」

彼女はにっこり笑って、僕の手首にそっと手を触れた。「私、少し前からあなたのこと信じようって決めたの。百パーセント。だからあのときだって私、安心しきってぐっすり眠っちゃったの。あなたとなら大丈夫だ、安心していいって。ぐっすり眠ったでしょう、私？」

「うん。たしかに」と僕は言った。

「そうしてね、もし逆にあなたが私に向って『おい緑、俺とやろう。そうすれば何もかもうまく行くよ。だから俺とやろう』って言ったら、私たぶんやっちゃうと思うの。でもこういうこと言ったからって、私があなたのことを誘惑してるとか、からかって刺激してるとかそんな風には思わないでね。私はただ自分の感じていることをそのまま正直にあなたに伝えたかっただけなのよ」

「わかってるよ」と僕は言った。

我々はランチを食べながら課目登録のカードを見せあって、二つの講義を共通して登録していることを発見した。週に二回は彼女に顔を合わせることになる。それから彼女は自分の生活のことを話した。彼女のお姉さんも彼女もしばらくのあいだアパート暮しになじめなかった。何故ならそれは彼女たちのそれまでの人生に比べてあまりにも楽だったからだ。自分たちは誰かの看病をしたり、店を手伝ったりしながら毎日を忙しく送ることに馴れてしまっていたのだ、と緑は言った。

「でも最近になってこれでいいんだと思えるようになってきたのよ」と緑は言った。「これが私たち自身のための本来の生活なんだって。だから誰に遠慮することもなく思う存分手足をのばせばいいんだって。でもそれはすごく落ちつかなかったのよ。体が二、三センチ宙に浮いているみたいでね、嘘だ、こんな楽な人生が現実の人生として存在するわけないといった気がしてたの。今にどんでん返しがあるに違いないって二人で緊張してたの」

「苦労性の姉妹なんだね」と僕は笑って言った。

「これまでが過酷すぎたのよ」と緑は言った。「でもいいの。私たち、そのぶんをこれから先でしっかりとり戻してやるの」

「まあ君たちならやれそうな気がするな」と僕は言った。「お姉さんは毎日何をしてるの？」

「彼女のお友だちが最近表参道の近くでアクセサリーのお店始めたんで、週に三回くらいその手伝いに行ってるの。あとは料理を習ったり、婚約者とデートしたり、映画を見に行ったり、ぼおっとしたり、とにかく人生を楽しんでいるわね」

彼女が僕の新しい生活のことを訊ね、僕は家の間取りやら広い庭やら猫の「かもめ」やら家主のことやらを話した。

「楽しい？」

「悪くないね」と僕は言った。

「でもそのわりに元気がないのね」と緑が言った。

「春なのにね」と僕は言った。

「そして彼女が編んでくれた素敵なセーター着てるのにね」

僕はびっくりして自分の着ている葡萄色のセーターに目をやった。「どうしてそんなことがわかったのかな？」

「あなたって正直ねえ。そんなのあてずっぽうにきまってるじゃない」と緑はあきれたように言った。「でも元気がないのね？」

「元気を出そうとはしているんだけれど」

「人生はビスケットの缶だと思えばいいのよ」

僕は何度か頭を振ってから緑の顔を見た。「たぶん僕の頭がわるいせいだと思うけれど、ときどき君が何を言ってるのかよく理解できないことがある」

「ビスケットの缶にいろんなビスケットがつまってて、好きなのとあまり好きじゃないのがあるでしょ？　それで先に好きなのどんどん食べちゃうと、あとあまり好きじゃないのばっかり残るわよね。私、辛いことがあるといつもそう思うのよ。今これをやっとくとあとになって楽になるって。人生はビスケットの缶なんだって」

「まあひとつの哲学ではあるな」

「でもそれ本当よ。私、経験的にそれを学んだもの」と緑は言った。

コーヒーを飲んでいると緑のクラスの友だちらしい女の子が二人店に入ってきて、緑と三人で課目登録カードを見せあい、昨年のドイツ語の成績がどうだったとか、なんとか君が内ゲバで怪我をしただとか、その靴いいわねどこで買ったのだとか、そういうとりとめのない話をしばらくしていた。聞くともなく聞いていると、そういう話はなんだか地球の裏側から聞こえてくるような感じがした。僕はコーヒーを飲みながら窓の外の風景を眺めていた。いつもの春の大学の風景だった。空はかすみ、桜が咲き、見るからに新入生という格好をした人々が新しい本を抱えて道を歩いていた。そんなものを眺めているうちに僕はまた少しぼんやりとした気分になってきた。僕は今年もまた大学に戻れなかった直子のことを思った。窓際にはアネモネの花をさした小さなグラスが置いてあった。

女の子たち二人がじゃあねと言って自分たちのテーブルに戻ってしまうと、僕と緑は店を出て二人で町を散歩した。古本屋をまわって本を何冊か買い、また喫茶店に入ってコーヒーを飲み、ゲーム・センターでピンボールをやり、公園のベンチに座って話をした。だいたいは緑がしゃべり、僕はうんうんと返事をしていた。喉が乾いたと緑が言って、僕は近所の菓子屋でコーラを二本買ってきた。そのあいだ彼女はレポート用紙にボールペンでこりこりと何かを書きつけていた。なんだいそれと僕が訊くと、なんでもないわよと彼女は答えた。

三時半になると彼女は私そろそろ行かなきゃ、お姉さんと銀座で待ちあわせしてるの、と言った。我々は地下鉄の駅まで歩いて、そこで別れた。別れ際に緑は僕のコートのポケットに四つに折ったレポート用紙をつっこんだ。そして家に帰ってから読んでくれと言った。僕はそれを電車の中で読んだ。

「前略。

今あなたがコーラを買いに行ってて、そのあいだにこの手紙を書いています。ベンチのとなりに座っている人に向って手紙を書くなんて私としてもはじめてのことです。でもそうでもしないことには私の言わんとすることはあなたに伝わりそうもありませんから。だって私が何言ったってほとんど聞いてないんだもの。そうでしょ？

ねえ、知ってますか？　あなたは今日私にすごくひどいことしたのよ。あなたは私の髪型が変っていたことにすら気がつかなかったでしょう？　私少しずつ苦労して髪をのばしてやっと先週の終りになんとか女の子らしい髪型に変えることができたのよ。あなたそれにすら気がつかなかったでしょう？　なかなか可愛くきまったから久しぶりに会って驚かそうと思ったのに、気がつきもしないなんて、それはあまりじゃないですか？　どうせあなた私がどんな服着てたかも思いだせないんじゃないかしら。私だって女の子よ。いくら考え事をしているからといっても、少しくらいきちんと私のことを見てくれたっていいでしょう。たったひとこと『その髪、可愛いね』とでも言ってくれれば、そのあと何してたってどれだけ考えごとしてたって、私あなたのこと許したのに。

だから今あなたに嘘をつきます。お姉さんと銀座で待ちあわせているなんて嘘です。私は今日あなたの家に泊るつもりでパジャマまで持ってきたんです。そう、私のバッグの中にはパジャマと歯ブラシが入っているのです。ははは、馬鹿みたい。だってあなたは家においでよとも誘ってくれないんだもの。でもまあいいや、あなたは私のことなんかどうでもよくて一人になりたがってるみたいだから一人にしてあげます。一所懸命いろんなことを心ゆくまで考えていなさい。

でも私はあなたに対してまるっきり腹を立ててるというわけではありません。私はただただ淋しいのです。だってあなたは私にいろいろと親切にしてくれたのに私があなたにしてあげられることは何もないみたいだからです。あなたはいつも自分の世界に閉じこもっていて、私がこんこん、ワタナベ君、こんこんとノックしてもちょっと目を上げるだけで、またすぐもとに戻ってしまうみたいです。

今コーラを持ってあなたが戻ってきました。考えごとをしながら歩いているみたいで、転べばいいのにと私は思ってたのに転びませんでした。あなたは今となりに座ってごくごくとコーラを飲んでいます。コーラを買って戻ってきたときに『あれ、髪型変ったんだね』と気がついてくれるかなと思って期待していたのですが駄目でした。もし気がついてくれたらこんな手紙びりびりと破って、『ねえ、あなたのところに行きましょう。おいしい晩ごはん作ってあげる。それから仲良く一緒に寝ましょう』って言えたのに。でもあなたは鉄板みたいに無神経です。さよなら。

P・S・

この次教室で会っても話しかけないで下さい」

吉祥寺の駅から緑のアパートに電話をかけてみたが誰も出なかった。とくにやることもなかったので、僕は吉祥寺の町を歩いて、大学に通いながらやれるアルバイトの口を探してみた。僕は土・日が一日あいていて、月・水・木は夕方の五時から働くことができたが、僕のそんなスケジュールにぴったりと合致する仕事というのはそう簡単にはみつからなかった。僕はあきらめて家に戻り、夕食の買物をするついでにまた緑に電話をかけてみた。お姉さんが電話に出て、緑はまだ帰ってないし、いつ帰るかはちょっとわからないと言った。僕は礼を言って電話を切った。

夕食のあとで緑に手紙を書こうとしたが何度書きなおしてもうまく書けなかったので、結局直子に手紙を書くことにした。

春がやってきてまた新しい学年が始まったことを僕は書いた。君に会えなくてとても淋しい、たとえどのようなかたちにせよ君に会いたかったし、話がしたかった。しかしいずれにせよ、僕は強くなろうと決心した。それ以外に僕のとる道はないように思えるからだ、と僕は書いた。

「それからこれは僕自身の問題であって、君にとってはあるいはどうでもいいことかもしれないけれど、僕はもう誰とも寝ていません。君が僕に触れてくれていたときのことを忘れたくないからです。あれは僕にとっては、君が考えている以上に重要なことなのです。僕はいつもあのときのことを考えています」

僕は手紙を封筒に入れて切手を貼り、机の前に座ってしばらくそれをじっと眺めていた。いつもよりはずっと短かい手紙だったが、なんとなくその方が相手に意がうまく伝わるだろうという気がした。僕はグラスに三センチくらいウィスキーを注ぎ、それをふた口で飲んでから眠った。

＊

翌日僕は吉祥寺の駅の近くで土曜日と日曜日だけのアルバイトをみつけた。それほど大きくないイタリア料理店のウェイターの仕事で、条件はまずまずだったが、昼食もついたし、交通費も出してくれた。月・水・木の遅番が休みをとるときは——彼らはよく休みをとった——かわりに出勤してくれてかまわないということで、それは僕としても好都合だった。三ヵ月つとめたら給料は上げる、今週の土曜日から来てほしいとマネージャーが言った。新宿のレコード店のあのろくでもない店長に比べるとずいぶんきちんとしたまともそうな男だった。

緑のアパートに電話するとまたお姉さんが出て、緑は昨日からずっと戻ってないし、こちらが行き先を知りたいくらいだ、何か心あたりはないだろうかと疲れた声で訊いた。僕が知っているのは彼女がバッグにパジャマと歯ブラシを入れていたということだけだった。

水曜日の講義で、僕は緑の姿を見かけた。彼女はよもぎみたいな色のセーターを着て、夏によくかけていた濃い色のサングラスをかけていた。そしていちばんうしろの席に座って、前に一度見かけたことのある眼鏡をかけた小柄な女の子と二人で話をしていた。僕はそこに行って、あとで話がしたいんだけどと緑に言った。眼鏡をかけた女の子がまず僕を見て、それから緑が僕を見た。緑の髪は以前に比べるとたしかにずいぶん女っぽいスタイルになっていた。いくぶん大人っぽくも見えた。

「私、約束があるの」と緑が少し首をかしげるようにして言った。

「そんなに時間とらせない。五分でいいよ」と僕は言った。

緑はサングラスをとって目を細めた。なんだか百メートルくらい向うの崩れかけた廃屋を眺めるときのような目つきだった。「話したくないのよ。悪いけど」

眼鏡の女の子が〈彼女話したくないんだって、悪いけど〉という目で僕を見た。

僕はいちばん前の右端の席に座って講義を聴き（テネシー・ウィリアムズの戯曲につい

ての総論・そのアメリカ文学における位置）、講義が終るとゆっくり三つ数えてからうしろを向いた。緑の姿はもう見えなかった。

四月は一人ぼっちで過すには淋しすぎる季節だった。四月にはまわりの人々はみんな幸せそうに見えた。人々はコートを脱ぎ捨て、明るい日だまりの中でおしゃべりをしたり、キャッチボールをしたり、恋をしたりしていた。でも僕は完全な一人ぼっちだった。直子も緑も永沢さんも、誰もがみんな僕の立っている場所から離れていってしまった。そして今の僕には「おはよう」とか「こんにちは」を言う相手さえいないのだ。あの突撃隊でさえ僕には懐かしかった。僕はそんなやるせない孤独の中で四月を送った。何度か緑に話しかけてみたが、返ってくる返事はいつも同じだった。今話したくないのと彼女は言ったし、その口調から彼女が本気でそう言っていることがわかった。彼女はだいたいいつも例の眼鏡の女の子といたし、そうでないときは背の高くて髪の短い男と一緒にいた。やけに脚の長い男で、いつも白いバスケットボール・シューズをはいていた。

四月が終り、五月がやってきたが、五月は四月よりもっとひどかった。五月になると僕は春の深まりの中で、自分の心が震え、揺れはじめるのを感じないわけにはいかなかった。そんな震えはたいてい夕暮の時刻にやってきた。木蓮の香りがほんのりと漂ってくるような淡い闇の中で、僕の心はわけもなく膨み、震え、揺れ、痛みに刺し貫かれた。そんなとき僕はじっと目を閉じて、歯をくいしばった。そしてそれが通りすぎていってしまうのを待った。ゆっくりと長い時間をかけてそれは通り過ぎ、あとに鈍い痛みを残していった。

そんなとき僕は直子に手紙を書いた。直子への手紙の中で僕は素敵なことや気持の良いことや美しいもののことしか書かなかった。草の香り、心地の良い春の風、月の光、観た映画、好きな唄、感銘を受けた本、そんなものについて書いた。そんな手紙を読みかえしてみると、僕自身が慰められた。そして自分はなんという素晴しい世界の中に生きているのだろうと思った。僕はそんな手紙を何通も書いた。直子からもレイコさんからも手紙は来なかった。

アルバイト先のレストランで僕は伊東という同じ年のアルバイト学生と知りあってときどき話をするようになった。美大の油絵科にかよっているおとなしい無口な男で話をするようになるまでにずいぶん時間がかかったが、そのうちに僕らは仕事が終ると近所の店でビールを一杯飲んでいろんな話をするようになった。彼も本を読んだり音楽を聴いたりするのが好きで、僕らはだいたいそんな話をした。伊東はほっそりとしたハンサムな男で、その当時の美大の学生にしては髪も短かく、清潔な格好をしていた。あまり多くを語らなかったけれど、きちんとした好みと考え方を持っていた。フランスの小説が好きでジョルジュ・バタイユとボリス・ヴィアンを好んで読み、音楽ではモーツァルトとモーリス・ラヴェルをよく聴いた。そして僕と同じようにそういう話のできる友だちを求めていた。

彼は一度僕を自分のアパートに招待してくれた。井の頭公園の裏手にあるちょっと不思議なつくりの平屋だてのアパートで、部屋の中は画材やキャンバスでいっぱいだった。絵を見たいと僕は言ったが、恥かしいものだからと言って見せてくれなかった。我々は彼が父親のところから黙って持ってきたシーバス・リーガルを飲み、七輪でししゃもを焼いて食べ、ロベール・カサドゥシュの弾くモーツァルトのピアノ・コンチェルトを聴いた。

彼は長崎の出身で、故郷の町に恋人を置いて出てきていた。彼は長崎に帰るたびに彼女と寝ていた。でも最近はなんだかしっくりといかないんだよ、と言った。

「なんとなくわかるだろ、女の子ってさ」と彼は言った。「二十歳とか二十一になると急にいろんなことを具体的に考えはじめるんだ。すごく現実的になりはじめるんだ。するとね、これまですごく可愛いと思えていたところが月並みでうっとうしく見えてくるんだよ。僕に会うとね、だいたいあのあとでだけどさ、大学出てからどうするのって訊くんだ」

「どうするんだい？」と僕も訊いてみた。

彼はししゃもをかじりながら頭を振った。「どうするったって、どうしようもないよ、油絵科《アブラ》の学生なんて。そんなこと考えたら誰もアブラになんて行かないさ。だってそんなところ出たってまず飯なんて食えやしないもの。そういうと彼女は長崎に戻って美術の先生になれっていうんだよ。彼女、英語の教師になるつもりなんだよ」

「彼女のことがもうそれほど好きじゃないんだね？」

「まあそうなんだろうな」と伊東は認めた。「それに僕は美術の教師になんかなりたくないんだ。猿みたいにわあわあ騒ぎまわるしつけのわるい中学生に絵を教えて一生を終えたくないんだよ」

「それはともかくその人とは別れた方がいいんじゃないかな？　お互いのために」と僕は言った。

「僕もそう思う。でも言いだせないんだよ、悪くって。彼女は僕と一緒になる気でいるんだもの。別れよう、君のこともうあまり好きじゃないからなんて言いだせないよ」

僕らは氷を入れずストレートでシーバスを飲み、ししゃもがなくなってしまうと、キウリとセロリを細長く切って味噌をつけてかじった。キウリをぽりぽりと食べていると亡くなった緑の父親のことを思いだした。そして緑を失ったことで僕の生活がどれほど味気のないものになってしまったかと思って、切ない気持になった。知らないうちに僕の中で彼女の存在がどんどん膨んでいたのだ。

「君には恋人いるの？」と伊東が訊いた。

いることはいる、と僕は一呼吸置いて答えた。でも事情があって今は遠くに離れているんだ。

「でも気持は通じているんだろう？」

「そう思いたいね。そう思わないと救いがない」と僕は冗談めかして言った。

彼はモーツァルトの素晴しさについて物静かにしゃべった。彼は田舎の人々が山道について熟知しているように、モーツァルトの音楽の素晴しさを熟知していた。父親が好きで三つの時からずっと聴いてるんだと彼は言った。僕はクラシック音楽にそれほど詳しいわけではなかったけれど、彼の「ほら、ここのところが——」とか「どうだい、この——」と言った適切で心のこもった説明を聴きながらモーツァルトのコンチェルトに耳を傾けていると、本当に久しぶりに安らかな気持になることができた。僕らは井の頭公園の林の上に浮かんだ三日月を眺め、シーバス・リーガルを最後の一滴まで飲んだ。美味い酒だった。

伊東は泊っていけよと言ったが、僕はちょっと用事があるからと言って断り、ウィスキーの礼を言って九時前に彼のアパートを出た。そして帰りみち電話ボックスに入って緑に電話をかけてみた。珍しく緑が電話に出た。

「ごめんなさい。今あなたと話したくないの」と緑は言った。

「それはよく知ってるよ。何度も聞いたから。でもこんな風にして君との関係を終えたくないんだ。君は本当に数の少ない僕の友だちの一人だし、君に会えないのはすごく辛い。いつになったら君と話せるのかな？　それだけでも教えてほしいんだよ」

「私の方から話しかけるわよ。そのときになったら」

「元気？」と僕は訊いてみた。

「なんとか」と彼女は言った。そして電話を切った。


五月の半ばにレイコさんから手紙が来た。


「いつも手紙をありがとう。直子はとても喜んで読んでいます。私も読ませてもらっています。いいわよね、読んでも？

長いあいだ手紙を書けなくてごめんなさい。正直なところ私もいささか疲れ気味だったし、良いニュースもあまりなかったからです。直子の具合はあまり良くありません。先日神戸から直子のお母さんがみえて、専門医と私をまじえて四人でいろいろと話しあい、しばらく専門的な病院に移って集中的な治療を行い、結果を見てまたここに戻るようにしてはどうかという合意に達しました。直子もできることならずっとここにいて治したいというし、私としても彼女と離れるのは淋しいし心配でもあるのですが、正直に言ってここで彼女をコントロールするのはだんだん困難になってきました。普段はべつになんということもないのですが、ときどき感情がひどく不安定になることがあって、そういうときには彼女から目を離すことはできません。何が起るかわからないからです。激しい幻聴があり、直子は全てを閉ざして自分の中にもぐりこんでしまいます。

だから私も直子はしばらく適切な施設に入ってそこで治療を受けるのがいちばん良いだろうと考えています。残念ですが、仕方ありません。前もあなたに言ったように、気長にやるのがいちばんんです。希望を捨てず、絡みあった糸をひとつひとつほぐしていくのです。事態がどれほど絶望的に見えても、どこかに必ず糸口はあります。まわりが暗ければ、しばらくじっとして目がその暗闇に慣れるのを待つしかありません。

この手紙があなたのところに着く頃には直子はもうそちらの病院に移っているはずです。連絡が後手後手にまわって申しわけないとは思いますが、いろんなことがばたばたと決まってしまったのです。新しい病院はしっかりとした良い病院です。良い医者もいます。住所を下に書いておきますので、手紙をそちらに書いてやって下さい。彼女についての情報は私の方にも入ってきますから、何かあったら知らせるようにします。良いニュースが書けるといいですね。あなたも辛いでしょうけれど頑張りなさいね。直子がいなくてもときどきでいいから私に手紙を下さい。さようなら」

＊

その春僕はずいぶん沢山の手紙を書いた。直子に週一度手紙を書き、レイコさんにも手紙を書き、緑にも何通か書いた。大学の教室で手紙を書き、家の机に向って膝に「かもめ」をのせながら書き、休憩時間にイタリア料理店のテーブルに向って書いた。まるで手紙を書くことで、バラバラに崩れてしまいそうな生活をようやくつなぎとめているみたいだった。

君と話ができなかったせいで、僕はとても辛くて淋しい四月と五月を送った、と僕は緑への手紙に書いた。これほど辛くて淋しい春を体験したのははじめてのことだし、これだったら二月が三回つづいた方がずっとましだ。今更君にこんなことを言っても始まらないとは思うけれど、新しいヘア・スタイルはとてもよく君に似合っている。とても可愛い。今イタリア料理店でアルバイトしていて、コックからおいしいスパゲティーの作り方を習った。そのうちに君に食べさせてあげたい。

僕は毎日大学に通って、週に二回か三回イタリア料理店でアルバイトをし、伊東と本や音楽の話をし、彼からボリス・ヴィアンを何冊か借りて読み、手紙を書き、「かもめ」と遊び、スパゲティーを作り、庭の手入れをし、直子のことを考えながらマスターベーションをし、沢山の映画を見た。

緑が僕に話しかけてきたのは六月の半ば近くだった。僕と緑はもう二ヵ月も口をきいていなかった。彼女は講義が終ると僕のとなりの席に座って、しばらく頰杖をついて黙っていた。窓の外には雨が降っていた。梅雨どき特有の、風を伴わないまっすぐな雨で、それは何もかもをまんべんなく濡らしていた。他の学生がみんな教室を出ていなくなっても緑はずっとその格好で黙っていた。そしてジーンズの上着のポケットからマルボロを出してくわえ、マッチを僕に渡した。僕はマッチをすって煙草に火をつけてやった。緑は唇を丸くすぼめて煙を僕の顔にゆっくり吹きつけた。

「私のヘア・スタイル好き？」

「すごく良いよ」

「どれくらい良い？」と緑が訊いた。

「世界中の森の木が全部倒れるくらい素晴しいよ」と僕は言った。

「本当にそう思う?」

「本当にそう思う」

彼女はしばらく僕の顔を見ていたがやがて右手をさしだした。僕はそれを握った。僕以上に彼女の方がほっとしたみたいに見えた。緑は煙草の灰を床に落としてからすっと立ちあがった。

「ごはん食べに行きましょう。おなかペコペコ」と緑は言った。

「どこに行く?」

「日本橋の高島屋の食堂」

「なんでまたわざわざそんなところまで行くの?」

「ときどきあそこに行きたくなるのよ、私」

それで我々は地下鉄に乗って日本橋まで行った。朝からずっと雨が降りつづいていたせいか、デパートの中はがらんとしてあまり人影がなかった。店内には雨の匂いが漂い、店員たちもなんとなく手持ち無沙汰な風情だった。我々は地下の食堂に行き、ウィンドウの見本を綿密に点検してから二人とも幕の内弁当を食べることにした。昼食どきだったが、食堂もそれほど混んではいなかった。

「デパートの食堂で飯食うなんて久しぶりだね」と僕はデパートの食堂でしかまずお目にかかれないような白くてつるりとした湯のみでお茶を飲みながら言った。

「私好きよ、こういうの」と緑は言った。「なんだか特別なことをしているような気持になるの。たぶん子供のときの記憶のせいね。デパートに連れてってもらうなんてほんのたまにしかなかったから」

「僕はしょっちゅう行ってたような気がするな。お袋がデパート行くの好きだったからさ」

「いいわね」

「べつに良くもないよ。デパートなんか行くの好きじゃないもの」

「そうじゃないわよ。かまわれて育ってよかったわねっていうこと」

「まあ一人っ子だからね」と僕は言った。

「大きくなったらデパートの食堂に一人できて食べたいものをいっぱい食べてやろうと思ったの、子供の頃」と緑は言った。「でも空しいものよね、一人でこんなところでもそもそごはん食べたって面白くもなんともないもの。とくにおいしいというものでもないし、だだっ広くて混んでてうるさいし、空気はわるいし。それでもときどきここに来たくなるのよ」

「この二ヵ月淋しかったよ」と僕は言った。

「それ、手紙で読んだわよ」と緑は無表情な声で言った。「とにかくごはん食べましょう。私今それ以外のこと考えられないの」

我々は半円形の弁当箱に入った幕の内弁当をきれいに食べ、吸い物を飲み、お茶を飲んだ。緑は煙草を吸った。煙草を吸い終ると彼女は何も言わずにすっと立ちあがって傘を手にとった。僕も立ちあがって傘を持った。

「これからどこに行くの?」と僕は訊いてみた。

「デパートに来て食堂でごはん食べたんだもの、次は屋上に決まってるでしょう」と緑は言った。

雨の屋上には人は一人もいなかった。ペット用品売り場にも店員の姿はなく、売店も、乗物切符売り場もシャッターを閉ざしていた。我々は傘をさしてぐっしょりと濡れた木馬やガーデン・チェアや屋台のあいだを散策した。東京のどまん中にこんなに人気のない荒涼とした場所があるなんて僕には驚きだった。緑が望遠鏡を見たいというので、僕は硬貨を入れてやり、彼女が見ているあいだずっと傘をさしてやっていた。

屋上の隅の方に屋根のついたゲーム・コーナーがあって、子供向けのゲーム機がいくつか並んでいた。僕と緑はそこにあった足台のようなものの上に並んで腰を下ろし、二人で雨ふりを眺めた。

「何か話してよ」と緑が言った。「話があるんでしょ、あなた？」

「あまり言い訳したくないけど、あのときは僕も参ってて、頭がぼんやりしてたんだ。それでいろんなことがうまく頭に入ってこなかったんだ」と僕は言った。「でも君と会えなくなってよくわかったんだ。君がいればこそ今までなんとかやってこれたんだってね。君がいなくなってしまうと、とても辛く淋しい」

「でもあなた知らないでしょ、ワタナベ君？　あなたと会えないことで私がこの二ヵ月どれほど辛くて淋しい想いをしたかということを？」

「知らなかったよ、そんなこと」と僕はびっくりして言った。「君は僕のことが頭にきていて、それで会いたくないんだと思ってたんだ」

「どうしてあなたってそんなに馬鹿なの？　会いたいにきまってるでしょう？　だって私あなたのことが好きだって言ったでしょ？　私そんなに簡単に人を好きになったり、好きじゃなくなったりしないわよ。そんなこともわかんないの？」

「それはもちろんそうだけど——」

「そりゃね、頭に来たわよ、百回くらい蹴とばしてやりたいくらい。だって久し振りに会ったっていうのにあなたはぼおっとして他の女の人のことを考えて私のことなんか見ようともしないんだもの。それは頭に来るわよ。でもね、それとはべつに私あなたと少し離れていた方がいいんじゃないかという気がずっとしてたのよ。いろんなことをはっきりさせるためにも」

「いろんなことって?」

「私とあなたの関係のことよ。つまりね、私あなたといるときの方がだんだん楽しくなってきたのよ、彼と一緒にいるときより。そういうのって、いくらなんでも不自然だし具合わるいと思わない? もちろん私は彼のこと好きよ、そりゃ多少わがままで偏狭でファシストだけど、いいところはいっぱいあるし、はじめて真剣に好きになった人だしね。でもね、あなたってなんだか特別なのよ、私にとって。一緒にいるとすごくぴったりしてるって感じするの。あなたのことを信頼してるし、好きだし、放したくないの。要するに自分でもだんだん混乱してきたのよ。それで彼のところに行って正直に相談したの。どうしたらいいだろうって。あなたともう会うなって彼は言ったわ。もしあなたと会うんなら俺と別れろって」

「それでどうしたの?」

「彼と別れたわよ、さっぱりと」と言って緑はマルボロをくわえ、手で覆うようにしてマッチで火をつけ、煙を吸いこんだ。

「どうして？」

「どうして？」と緑は怒鳴った。「あなた頭おかしいんじゃないの？　英語の仮定法がわかって、数列が理解できて、マルクスが読めて、なんでそんなことわかんないのよ？　なんでそんなこと訊くのよ？　なんでそんなこと女の子に言わせるのよ？　彼よりあなたの方が好きだからにきまってるでしょ。私だってね、もっとハンサムな男の子好きになりたかったわよ。でも仕方ないでしょ、あなたのこと好きになっちゃったんだから」

僕は何か言おうとしたが喉に何かがつまっているみたいに言葉がうまく出てこなかった。

緑は水たまりの中に煙草を投げこんだ。「ねえ、そんなひどい顔しないでよ。悲しくなっちゃうから。大丈夫よ、あなたに他に好きな人がいること知ってるから別に何も期待しないわよ。でも抱いてくれるくらいはいいでしょ？　私だってこの二ヵ月本当に辛かったんだから」

我々はゲーム・コーナーの裏手で傘をさしたまま抱きあった。固く体をあわせ、唇を求めあった。彼女の髪にも、ジーンズのジャケットの襟にも雨の匂いがした。女の子の体ってなんてやわらかくて温かいんだろうと僕は思った。ジャケット越しに僕は彼女の乳房の感触をはっきりと胸に感じた。僕は本当に久し振りに生身の人間に触れたような気がした。

「あなたとこの前会った日の夜に彼と会って話したの。そして別れたの」と緑は言った。

「君のこと大好きだよ」と僕は言った。「心から好きだよ。もう二度と放したくないと思う。でもどうしようもないんだよ。今は身うごきとれないんだ」

「その人のことで？」

僕は肯いた。

「ねえ、教えて。その人と寝たことあるの？」

「一年前に一度だけね」

「それから会わなかったの？」

「二回会ったよ。でもやってない」と僕は言った。

「それはどうしてなの？　彼女はあなたのこと好きじゃないの？」

「僕にはなんとも言えない」と僕は言った。「とても事情が込み入ってるんだ。いろんな問題が絡みあっていて、それがずっと長いあいだつづいているものだから、本当はどうなのかというのがだんだんわからなくなってきているんだ。僕にも彼女にも。僕にわかっているのは、それがある種の人間としての責任であるということなんだ。そして僕はそれを放り出すわけにはいかないんだ。少くとも今はそう感じているんだよ。たとえ彼女が僕を愛していないとしても」

「ねえ、私は生身の血のかよった女の子なのよ」と緑は僕の首に頬を押しつけて言った。「そして私はあなたに抱かれて、あなたのことを好きだってうちあけているのよ。あなたがこうしろって言えば私なんだってするわよ。私多少むちゃくちゃなところあるけど正直でいい子だし、よく働くし、顔だってけっこう可愛いし、おっぱいだって良いかたちしているし、料理もうまいし、お父さんの遺産だって信託預金にしてあるし、大安売りだと思わない？　あなたが取らないと私そのうちどこかよそに行っちゃうわよ」

「時間がほしいんだ」と僕は言った。「考えたり、整理したり、判断したりする時間がほしいんだ。悪いとは思うけど、今はそうとしか言えないんだ」

「でも私のこと心から好きだし、二度と放したくないと思ってるのね？」

「もちろんそう思ってるよ」

緑は体を離し、にっこり笑って僕の顔を見た。「いいわよ、待ってあげる。あなたのことを信頼してるから」と彼女は言った。「でも私をとるときは私だけをとってね。そして私を抱くときは私のことだけを考えてね。私の言ってる意味わかる？」

「よくわかる」

「それから私に何してもかまわないけれど、傷つけることだけはやめてね。私これまでの人生で十分に傷ついてきたし、これ以上傷つきたくないの。幸せになりたいのよ」

僕は彼女の体を抱き寄せて口づけした。

「そんな下らない傘なんか持ってないで両手でもっとしっかり抱いてよ」と緑は言った。「傘ささないとずぶ濡れになっちゃうよ」

「いいわよ、そんなの、どうでも。今は何も考えずに抱きしめてほしいのよ。私二ヵ月間これ我慢してたのよ」

僕は傘を足もとに置き、雨の中でしっかりと緑を抱きしめた。高速道路を行く車の鈍いタイヤ音だけがまるでもやのように我々のまわりをとり囲んでいた。雨は音もなく執拗に降りつづき、それは僕らの髪をぐっしょりと濡らし、涙のように頬をつたって落ち、彼女のジーンズの上着と僕の黄色いナイロンのウィンド・ブレーカーを暗い色に染めた。

「そろそろ屋根のあるところに行かない？」と僕は言った。

「うちにいらっしゃいよ。今誰もいないから。このままじゃ風邪引いちゃうもの」

「まったく」

「ねえ、私たちなんだか川を泳いで渡ってきたみたいよ」と緑が笑いながら言った。「ああ気持良かった」

僕らはタオル売り場で大きめのタオルを買い、かわりばんこに洗面所に入って髪を乾かした。それから地下鉄を乗りついで彼女の茗荷谷のアパートまで行った。緑はすぐに僕にシャワーを浴びさせ、それから自分も浴びた。そして僕の服が乾くまでバスローブを貸してくれ、自分はポロシャツとスカートに着がえた。我々は台所のテーブルでコーヒーを飲んだ。

「あなたのこと話してよ」と緑が言った。

「僕のどんなこと？」

「そうねえ……どんなものが嫌い？」

「鳥肉と性病としゃべりすぎる床屋が嫌いだ」

「他には？」

「四月の孤独な夜とレースのついた電話機のカバーが嫌いだ」

「他には？」

僕は首を振った。「他にはとくに思いつかないね」

「私の彼は――つまり前の彼は――いろんなものが嫌いだったわ。私がすごく短かいスカートはくこととか、煙草吸うこととか、すぐ酔払うこととか、いやらしいこと言うこととか、彼の友だちの悪口言うこととか……だからもしそういう私に関することで嫌なことがあったら遠慮しないで言ってね。あらためられるところはちゃんとあらためるから」

「別に何もないよ」と僕は少し考えてからそう言って首を振った。「何もない」

「本当?」

「君の着るものは何でも好きだし、君のやることも言うことも歩き方も酔払い方も、なんでも好きだよ」

「本当にこのままでいいの?」

「どう変えればいいのかがわからないから、そのままでいいよ」

「どれくらい私のこと好き?」と緑が訊いた。

「世界中のジャングルの虎がみんな溶けてバターになってしまうくらい好きだ」と僕は言った。

「ふうん」と緑は少し満足したように言った。「もう一度抱いてくれる?」

僕と緑は彼女の部屋のベッドで抱きあった。雨だれの音を聞きながら布団の中で我々は昼をかさね、そして世界の成りたち方からゆで玉子の固さの好みに至るまでのありとあらゆる話をした。

「雨の日には蟻はいったい何をしているのかしら?」と緑が質問した。

「知らない」と僕は言った。「巣の掃除とか貯蔵品の整理なんかやってるんじゃないかな。蟻ってよく働くからさ」

「そんなによく働くのにどうして蟻は進化しないで昔から蟻のままなの？」

「知らないな。でも体の構造が進化に向いてないんじゃないかな。つまり猿なんかに比べてさ」

「あなた意外にいろんなこと知らないのね」と緑は言った。「ワタナベ君って、世の中のことはたいていい知ってるのかと思ってたわ」

「世界は広い」と僕は言った。

「山は高く、海は深い」と緑は言った。そしてバスローブの裾から手を入れて僕の勃起しているペニスを手にとった。そして息を呑んだ。「ねえ、ワタナベ君、悪いけどこれ本当に冗談抜きで駄目。こんな大きくて固いのとても入んないわよ。嫌だ」

「冗談だろう」と僕はため息をついて言った。

「冗談よ」とくすくす笑って緑は言った。「大丈夫よ。安心しなさい。これくらいならなんとかちゃんと入るから。ねえ、くわしく見ていい？」

「好きにしていいよ」と僕は言った。

緑は布団の中にもぐりこんでしばらく僕のペニスをいじりまわした。皮をひっぱったり、手のひらで睾丸の重さを測ったりしていた。そして布団から首を出してふうっと息をついた。「でも私あなたのこれすごく好きよ。お世辞じゃなくて」

「ありがとう」と僕は素直に礼を言った。

「でもワタナベ君、私とやりたくないんでしょ？　いろんなことがはっきりするまでは」

「やりたくないわけがないだろう」と僕は言った。「頭がおかしくなるくらいやりたいよ。でもやるわけにはいかないんだよ」

「頑固な人ねえ。もし私があなただったらやっちゃうけどな。そしてやっちゃってから考えるけどな」

「本当にそうする？」

「嘘よ」と緑は小さな声で言った。「私もやらないと思うわ。もし私があなただったら、やはりやらないと思う。そして私、あなたのそういうところが好きなの。本当に本当に好きなのよ」

「どれくらい好き？」と僕は訊いたが、彼女は答えなかった。そして答えるかわりに僕の体にぴったりと身を寄せて僕の乳首に唇をつけ、ペニスを握った手をゆっくりと動かしはじめた。僕が最初に思ったのは直子の手の動かし方とはずいぶん違うなということだった。どちらも優しくて素敵なのだけれど、何かが違っていて、それでまったく別の体験のように感じられてしまうのだ。

「ねえ、ワタナベ君、他の女の人のこと考えてるでしょ？」

「考えてないよ」と僕は嘘をついた。

「本当？」

「本当だよ」

「こうしてるとき他の女の人のこと考えちゃ嫌よ」

「考えられないよ」と僕は言った。

「私の胸かあそこ触りたい？」と緑が訊いた。

「さわりたいけど、まださわらない方がいいと思う。一度にいろんなことやると刺激が強すぎる」

緑は肯いて布団の中でもそもそとパンティーを脱いでそれを僕のペニスの先にあてた。

「ここに出していいからね」

「でも汚れちゃうよ」

「涙が出るからつまんないこと言わないでよ」と緑は泣きそうな声で言った。「そんなの洗えばすむことでしょう。遠慮しないで好きなだけ出しなさいよ。気になるんなら新しいの買ってプレゼントしてよ。それとも私のじゃ気に入らなくて出せないの？」

「まさか」と僕は言った。

「じゃ出しなさいよ。いいのよ、出して」

僕が射精してしまうと、彼女は僕の精液を点検した。「ずいぶんいっぱい出したのね」と彼女は感心したように言った。

「多すぎたかな？」

「いいのよ、べつに。馬鹿ね。好きなだけ出しなさいよ」と緑は笑いながら言って僕にキスした。

夕方になると彼女は近所に買物に行って、食事を作ってくれた。僕らは台所のテーブルでビールを飲みながら天ぷらを食べ、青豆のごはんを食べた。

「沢山食べていっぱい精液を作るのよ」と緑は言った。「そしたら私がやさしく出してあげるから」

「ありがとう」と僕は礼を言った。

「私ね、いろいろとやり方知ってるのよ。本屋やってる頃ね、婦人雑誌でそういうの覚えたの。ほら妊娠中の女の人ってあれやれないから、その期間御主人が浮気しないようにいろんな風に処理してあげる方法が特集してあったの。本当にいろんな方法があるのよ。楽しみ？」

「楽しみだね」と僕は言った。

　緑と別れたあと、家に帰る電車の中で僕は駅で買った夕刊を広げてみたが、そんなもの考えてみたらちっとも読みたくなかったし、読んでみたところで何も理解できなかった。僕はそんなわけのわからない新聞の紙面をじっと睨みながら、いったい自分はこれから先どうなっていくんだろう、僕をとりかこむ物事はどう変っていくんだろうと考えつづけた。時折、僕のまわりで世界がどきどきと脈を打っているように感じられた。僕は深いため息をつき、それから目を閉じた。今日いちにちの自分の行為に対して僕はまったく後悔していなかったし、もしもう一回今日をやりなおせるとしても、まったく同じことをするだろうと確信していた。やはり雨の屋上で緑をしっかり抱き、びしょ濡れになり、彼女のベッドの中で指で射精に導かれることになるだろう。それについては何の疑問もなかった。僕は緑が好きだったし、彼女が僕のもとに戻ってきてくれたことはとても嬉しかった。彼女となら二人でうまくやっていけるだろうと思った。そして緑は彼女自身言っていたように血のかよった生身の女の子で、そのあたたかい体を僕の腕の中にあずけていたのだ。僕としては緑を裸にして体を開かせ、そのあたたかみの中に身を沈めたいという激しい欲望を押しとどめるのがやっとだったのだ。僕のペニスを握った指がゆっくりと動き始めたのを止めさせることなんてとてもできなかった。僕はそれを求めていたし、彼女もそれを求めていたし、我々はもう既に愛しあっていたのだ。誰にそれを押しとどめることができるだろう？　そう、僕は緑を愛していた。そして、たぶんそのことはもっと前にわかっていたはずなのだ。僕はただその結論を長いあいだ回避しつづけていただけなのだ。

問題は僕が直子に対してそういう状況の展開をうまく説明できないという点にあった。他の時期ならともかく、今の直子に僕が他の女の子を好きになってしまったなんて言えるわけがなかった。そして僕は直子のこともやはり愛していたのだ。どこかの過程で不思議なかたちに歪められた愛し方であるにはせよ、僕は間違いなく直子を愛していたし、僕の中には直子のためにかなり広い場所が手つかず保存されていたのだ。

僕にできることはレイコさんに全てをうちあけた正直な手紙を書くことだった。僕は家に戻って縁側に座り、雨の降りしきる夜の庭を眺めながら頭の中にいくつかの文章を並べてみた。それから机に向って手紙を書いた。「こういう手紙をレイコさんに書かなくてはならないというのは僕にとってはたまらなく辛いことです」と僕は最初に書いた。そして緑と僕のこれまでの関係をひととおり説明し、今日二人のあいだに起ったことを説明した。

「僕は直子を愛してきたし、今でもやはり同じように愛しています。しかし僕と緑のあいだに存在するものは何かしら決定的なものなのです。そして僕はその力に抗しがたいものを感じるし、このままどんどん先の方まで押し流されていってしまいそうな気がするのです。僕が直子に対して感じるのはおそろしく静かで優しくて澄んだ愛情ですが、緑に対して僕はまったく違った種類の感情を感じるのです。それは立って歩き、呼吸し、鼓動しているのです。そしてそれは僕を揺り動かすのです。僕はどうしていいかわからなくてとても混乱しています。決して言いわけをするつもりではありませんが、僕は僕なりに誠実に生きてきたつもりだし、誰に対しても嘘はつきませんでした。誰かを傷つけたりしないようにずっと注意してきました。それなのにどうしてこんな迷宮のようなところに放りこまれてしまったのか、僕にはさっぱりわけがわからないのです。僕はいったいどうすればいいのでしょう？　僕にはレイコさんしか相談できる相手がいないのです」

僕は速達切手を貼って、その夜のうちに手紙をポストに入れた。

レイコさんから返事が来たのはその五日後だった。

「前略。

まず良いニュース。

直子は思ったより早く快方に向っているそうです。私も一度電話で話したのですが、しゃべり方もずいぶんはっきりしてました。あるいは近いうちにここに戻ってこられるかもしれないということです。

次にあなたのこと。

そんな風にいろんな物事を深刻にとりすぎるのはいけないことだと私は思います。人を愛するというのは素敵なことだし、その愛情が誠実なものであるなら誰も迷宮に放りこまれたりはしません。自信を持ちなさい。

私の忠告はとても簡単です。まず第一に緑さんという人にあなたが強く魅かれるのなら、あなたが彼女と恋に落ちるのは当然のことです。それはうまくいくかもしれないし、あまりうまくいかないかもしれない。しかし恋というのはもともとそういうものなのです。恋に落ちたらそれに身をまかせるのが自然というものでしょう。私はそう思います。それも誠実さのひとつのかたちです。

第二にあなたが緑さんとセックスするかしないかというのは、それはあなた自身の問題であって、私にはなんとも言えません。緑さんとよく話しあって、納得のいく結論を出して下さい。

第三に直子にはそのことは黙っていて下さい。もし彼女に何か言わなくてはならないような状況になったとしたら、そのときは私とあなたの二人で良策を考えましょう。だから今はとりあえずあの子には黙っていることにしましょう。そのことは私にまかせておいて下さい。

第四にあなたはこれまでずいぶん直子の支えになってきたし、もしあなたが彼女に対して恋人としての愛情を抱かなくなったとしても、あなたが直子にしてあげられることはいっぱいあるのだということです。だから何もかもそんなに深刻に考えないようにしなさい。私たちは（私たちというのは正常な人と正常ならざる人をひっくるめた総称です）不完全な世界に住んでいる不完全な人間なのです。定規で長さを測ったり分度器で角度を測ったりして銀行預金みたいにコチコチと生きているわけではないのです。でしょ？

私の個人的感情を言えば、緑さんというのはなかなか素敵な女の子のようですね。あなたが彼女に心を魅かれるというのは手紙を読んでいてもよくわかります。そして直子に同時に心を魅かれるというのもよくわかります。そんなことは罪でもなんでもありません。このだだっ広い世界にはよくあることです。天気の良い日に美しい湖にボートを浮かべて、空もきれいだし湖も美しいと言うのと同じです。そんな風に悩むのはやめなさい。放っておいても物事は流れるべき方向に流れるし、どれだけベストを尽しても人は傷つくときは傷つくのです。人生とはそういうものです。偉そうなことを言うようですが、あなたもそういう人生のやり方をそろそろ学んでいい頃です。あなたはときどき人生を自分のやり方にひっぱりこもうとしすぎます。精神病院に入りたくなかったらもう少し心を開いて人生の流れに身を委ねなさい。私のような無力で不完全な女でもときには生きるってなんて素晴しいんだろうと思うのよ。本当よ、これ！　だからあなただってもっともっと幸せになりなさい。幸せになる努力をしなさい。

もちろん私はあなたと直子がハッピー・エンディングを迎えられなかったことは残念に思います。しかし結局のところ何が良かったなんて誰にわかるというのですか？　だからあなたは誰にも遠慮なんかしないで、幸せになれると思ったらその機会をつかまえて幸せになりなさい。私は経験的に思うのだけれど、そういう機会は人生に二回か三回しかないし、それを逃すと一生悔みますよ。

私は毎日誰に聴かせるともなくギターを弾いています。これもなんだかつまらないものですね。雨の降る暗い夜も嫌です。いつかまたあなたと直子のいる部屋で葡萄を食べながらギターを弾きたい。

ではそれまで。

六月十七日

石田玲子」

第十一章

直子が死んでしまったあとでも、レイコさんは僕に何度も手紙を書いてきて、それは僕のせいではないし、誰のせいでもないし、それは雨ふりのように誰にもとめることのできないことなのだと言ってくれた。しかしそれに対して僕は返事を書かなかった。なんて言えばいいのだ？　それにそんなことはもうどうでもいいことなのだ。直子はもうこの世界には存在せず、一握りの灰になってしまったのだ。

八月の末にひっそりとした直子の葬儀が終ってしまうと、僕は東京に戻って家主にしばらく留守にしますのでよろしくと挨拶し、アルバイト先に行って申しわけないが当分来ることができないと言った。そして緑に今は何も言えない、悪いとは思うけれどもう少し待ってほしいという短かい手紙を書いた。それから三日間毎日、映画館をまわって朝から晩まで映画を見た。東京で封切られている映画を全部観てしまったあとで、リュックに荷物をつめ、銀行預金を残らずおろし、新宿駅に行って最初に目についた急行列車に乗った。いったいどこをどういう風にまわったのか、僕には全然思いだせない。風景や匂いや音はけっこうはっきりと覚えているのだが、地名というものがまったく思いだせないのだ。順番も思いだせない。僕はひとつの町から次の町へと列車やバスで、あるいは通りかかったトラックの助手席に乗せてもらって移動し、空地や駅や公園や川辺や海岸やその他眠れそうなところがあればどこにでも寝袋を敷いて眠った。交番に泊めてもらったこともあるし、墓場のわきで眠ったこともある。人通りの邪魔にならず、ゆっくり眠れるところならどこだってかまわなかった。僕は歩き疲れた体を寝袋に包んで安ウィスキーをごくごく飲んで、すぐに寝てしまった。親切な町に行けば人々は食事を持ってきてくれたり、蚊取線香を貸してくれたりしたし、不親切な町では人々は警官を呼んで僕を公園から追い払わせた。どちらにせよ僕にとってはどうでもいいことだった。僕が求めていたのは知らない町でぐっすり眠ることだけだった。

金が乏しくなると僕は肉体労働を三、四日やって当座の金を稼いだ。どこにでも何かしらの仕事はあった。僕はどこにいくというあてもなくただ町から町へとひとつずつ移動していった。世界は広く、そこには不思議な事象や奇妙な人々が充ち充ちていた。僕は一度緑に電話をかけてみた。彼女の声がたまらなく聞きたかったからだ。

「あなたね、学校はもうとっくの昔に始まってんのよ」と緑は言った。「レポート提出するやつだってけっこうあるのよ。どうするのよ、いったい？　あなたこれでもう三週間も音信不通だったのよ。どこにいて何してるのよ？」

「悪いけど、今は東京に戻れないんだ。まだ」

「言うことはそれだけなの？」

「だから今は何も言えないんだよ、うまく。十月になったら――」

緑は何も言わずにがっちゃんと電話を切った。

僕はそのまま旅行をつづけた。ときどき安宿に泊って風呂に入り髭を剃った。鏡を見ると僕は本当にひどい顔をしていた。日焼けのせいで肌はかさかさになり、目がくぼんで、こけた頰にはわけのわからないしみや傷がついていた。ついさっき暗い穴の底から這いあがってきた人間のように見えたが、それはよく見るとたしかに僕の顔だった。

僕がその頃歩いていたのは山陰の海岸だった。鳥取か兵庫の北海岸かそのあたりだった。海岸に沿って歩くのは楽だった。砂浜のどこかには必ず気持よく眠れる場所があったからだ。流木をあつめてたき火をし、魚屋で買ってきた干魚をあぶって食べたりすることもできた。そしてウィスキーを飲み、波の音に耳を澄ませながら直子のことを思った。彼女が死んでしまってもうこの世界に存在しないというのはとても奇妙なことだった。僕にはその事実がまだどうしても呑みこめなかった。僕にはそんなことはとても信じられなかった。彼女の棺のふたに釘を打つあの音まで聞いたのに、彼女が無に帰してしまったという事実に僕はどうしても順応することができずにいた。

僕はあまりにも鮮明に彼女を記憶しすぎていた。彼女が僕のペニスをそっと口で包み、その髪が僕の下腹に落ちかかっていたあの光景を僕はまだ覚えていた。そのあたたかみや息づかいや、やるせない射精の感触を僕は覚えていた。僕はそれをまるで五分前のできごとのようにはっきり思い出すことができた。そしてとなりに直子がいて、手をのばせばその体に触れることができるような気がした。でも彼女はそこにいなかった。彼女の肉体はもうこの世界のどこにも存在しないのだ。

僕はどうしても眠れない夜に直子のいろんな姿を思いだした。思いださないわけにはいかなかったのだ。僕の中には直子の思い出があまりにも数多くつまっていたし、それらの思い出はほんの少しの隙間をもこじあけて次から次へと外にとびだそうとしていたからだ。僕にはそれらの奔出を押しとどめることはとてもできなかった。

僕は彼女があの雨の朝に黄色い雨合羽を着て鳥小屋を掃除したり、えさの袋を運んでいた光景を思いだした。半分崩れたバースデー・ケーキと、あの夜僕のシャツを濡らした直子の涙の感触を思いだした。そうあの夜も雨が降っていた。冬には彼女はキャメルのオーバーコートを着て僕の隣りを歩いていた。彼女はいつも髪どめをつけて、いつもそれを手で触っていた。そして透きとおった目でいつも僕の目をのぞきこんでいた。青いガウンを着てソファーの上で膝を折りその上に顎をのせていた。

そんな風に彼女のイメージは満ち潮の波のように次から次へと僕に打ち寄せ、僕の体を奇妙な場所へと押し流していった。その奇妙な場所で、僕は死者とともに生きた。そこでは直子が生きていて、僕と語りあい、あるいは抱きあうこともできた。その場所では死とは生をしめくくる決定的な要因ではなかった。そこでは死とは生を構成する多くの要因のうちのひとつでしかなかった。直子は死を含んだままそこで生きつづけていた。そして彼女は僕にこう言った。「大丈夫よ、ワタナベ君、それはただの死よ。気にしないで」と。

そんな場所では僕は哀しみというものを感じなかった。死は死であり、直子は直子だからだった。ほら大丈夫よ、私はここにいるでしょ？　と直子は恥かしそうに笑いながら言った。いつものちょっとした仕草が僕の心をなごませ、癒してくれた。そして僕はこう思った。これが死というものなら、死も悪くないものだな、と。そうよ、死ぬのってそんなたいしたことじゃないのよ、と直子は言った。死なんてただの死なんだもの。それに私はここにいるとすごく楽なんだもの。暗い波の音のあいまから直子はそう語った。

しかしやがて潮は引き、僕は一人で砂浜に残されていた。僕は無力で、どこにも行けず、哀しみが深い闇となって僕を包んでいた。そんなとき、僕はよく一人で泣いた。泣くというよりはまるで汗みたいに涙がぼろぼろとひとりでにこぼれ落ちてくるのだ。

キズキが死んだとき、僕はその死からひとつのことを学んだ。そしてそれを諦観として身につけた。あるいは身につけたように思った。それはこういうことだった。

「死は生の対極にあるのではなく、我々の生のうちに潜んでいるのだ」

たしかにそれは真実であった。我々は生きることによって同時に死を育くんでいるのだ。しかしそれは我々が学ばねばならない真理の一部でしかなかった。直子の死が僕に教えたのはこういうことだった。どのような真理をもってしても愛するものを亡くした哀しみを癒すことはできないのだ。どのような真理も、どのような誠実さも、どのような強さも、どのような優しさも、その哀しみを癒すことはできないのだ。我々はその哀しみを哀しみ抜いて、そこから何かを学びとることしかできないし、そしてその学びとった何かも、次にやってくる予期せぬ哀しみに対しては何の役にも立たないのだ。僕はたった一人でその夜の波音を聴き、風の音に耳を澄ませながら、来る日も来る日もじっとそんなことを考えていた。ウィスキーを何本も空にし、パンをかじり、水筒の水を飲み、髪を砂だらけにしながら初秋の海岸をリュックを背負って西へ西へと歩いた。

ある風の強い夕方、僕が廃船の陰で寝袋にくるまって涙を流していると若い漁師がやってきて煙草をすすめてくれた。僕はそれを受けとって十何ヵ月かぶりに吸った。どうして泣いているのかと彼は僕に訊いた。母が死んだからだと僕は殆んど反射的に嘘をついた。それで哀しくてたまらなくて旅をつづけているのだ、と。彼は心から同情してくれた。そして家から一升瓶とグラスをふたつ持ってきてくれた。

風の吹きすさぶ砂浜で、我々は二人で酒を飲んだ。俺も十六で母親をなくしたとその漁師は言った。体がそんなに丈夫ではなかったのに朝から晩まで働きづめで、それで身をすり減らすように死んだのだ、と彼は話した。僕はコップ酒を飲みながらぼんやりと彼の話を聞き、適当に相槌を打った。それはひどく遠い世界の話であるように僕には感じられた。それがいったいなんだっていうんだと僕は思った。そして突然この男の首を締めてしまいたいような激しい怒りに駆られた。お前の母親がなんだっていうんだ？　俺は直子を失ったんだ！　あれほど美しい肉体がこの世界から消え去ってしまったんだぞ！　それなのにどうしてお前はそんな母親の話なんてしているんだ？

でもそんな怒りはすぐに消え失せてしまった。僕は目を閉じて、際限のない漁師の話を聞くともなくぼんやりと聞いていた。やがて彼は僕にもう飯は食べたかと訊ねた。食べてないけれど、リュックの中にパンとチーズとトマトとチョコレートが入っていると僕は答えた。昼には何を食べたのかと彼が訊いたので、パンとチーズとトマトとチョコレートだと僕は答えた。すると彼はここで待ってろよと言ってどこかに行ってしまった。僕は止めようとしたけれど、彼は振りかえりもせずにさっさと闇の中に消えてしまった。

僕は仕方なく一人でコップ酒を飲んでいた。砂浜には花火の紙屑が一面に広がり、波はまるで怒り狂ったように轟音を立てて波打ち際で砕けていた。やせこけた犬が尾を振りながらやってきて何か食べものはないかと僕の作った小さなたき火のまわりをうろうろしていたが、何もないとわかるとあきらめて去っていった。

三十分ほどあとでさっきの若い漁師が寿司折をふたつと新しい一升瓶を持って戻ってきた。これ食えよ、と彼は言った。下の方のは海苔巻きと稲荷だから明日のぶんにしろよ、と彼は言った。彼は一升瓶の酒を自分のグラスに注ぎ、僕のグラスにも注いだ。僕は礼を言ってたっぷりと二人分はある寿司を食べた。それからまた二人で酒を飲んだ。もうこれ以上飲めないというところまで飲んでしまうと、彼は自分の家に来て泊れと僕に言ったが、ここで一人で寝ている方がいいと言うと、それ以上は誘わなかった。そして別れ際にポケットから四つに折った五千円札を出して僕のシャツのポケットにつっこみ、これで何か栄養のあるものでも食え、あんたひどい顔してるから、と言った。もう十分よくしてもらったし、これ以上金までもらうわけにはいかないと断ったが、彼は金を受け取ろうとはしなかった。これは金じゃなくて俺の気持だ、だから余計なこと考えずに持っていけと彼は言った。仕方なく礼を言って僕はそれを受け取った。

漁師が行ってしまったあとで、僕は高校三年のとき初めて寝たガール・フレンドのことをふと考えた。そして自分が彼女に対してどれほどひどいことをしてしまったかを思って、どうしようもなく冷えびえとした気持になった。僕は彼女が何をどう思い、どう感じ、そしてどう傷つくかなんて殆んど考えもしなかったのだ。そして今の今まで彼女のことをなんてロクに思いだしもしなかったのだ。彼女はとても優しい女の子だった。でもその当時の僕はそんな優しさをごくあたり前のものだと思って、殆んど振りかえりもしなかったのだ。彼女は今何をしているんだろうか、そして僕を許してくれているのだろうか、と僕は思った。

ひどく気分がわるくなって、廃船のわきに僕は嘔吐した。飲みすぎた酒のせいで頭が痛み、漁師に嘘をついて金までもらったことで嫌な気持になった。そろそろ東京に戻ってもいい頃だなと僕は思った。いつまでもいつまでも永遠にこんなことをつづけているわけにはいかないのだ。僕は寝袋を丸めてリュックの中にしまい、それをかついで国鉄の駅まで歩き、今から東京に帰りたいのだがどうすればいいだろうと駅員に訊いてみた。彼は時刻表を調べ、夜行をうまくのりつげば朝には大阪に着けるし、そこから新幹線で東京に行けると教えてくれた。僕は礼を言って、男からもらった五千円札で東京までの切符を買った。列車を待つあいだ、僕は新聞を買って日付を見てみた。一九七〇年十月二日とそこにはあった。ちょうど一ヵ月旅行をつづけていたわけだった。なんとか現実の世界に戻らなくちゃな、と僕は思った。

一ヵ月の旅行は僕の気持をひっぱりあげてはくれなかったし、直子の死が僕に与えた打撃をやわらげてもくれなかった。僕は一ヵ月前とあまり変りない状態で東京に戻った。緑に電話をかけることすらできなかった。いったい彼女にどう切り出せばいいのかがわからなかった。なんて言えばいいのだ？　全ては終ったよ、君と二人で幸せになろう——そう言えばいいのだろうか？　もちろん僕にはそんなことは言えなかった。しかしどんな風に言ったところで、どんな言い方をしたところで、結局語るべき事実はひとつなのだ。直子は死に、緑は残っているのだ。直子は白い灰になり、緑は生身の人間として残っているのだ。

僕は自分自身を穢れにみちた人間のように感じた。東京に戻っても、一人で部屋の中に閉じこもって何日かを過した。僕の記憶の殆んどは生者にではなく死者に結びついていた。僕が直子のためにとっておいたいくつかの部屋は鎧戸を下ろされ、家具は白い布に覆われ窓枠にはうっすらとほこりが積っていた。僕は一日の多くの部分をそんな部屋の中で過した。そして僕はキズキのことを思った。おいキズキ、お前はとうとう直子を手に入れたんだな、と僕は思った。まあいいさ、彼女はもともとお前のものだったんだ。結局そこが彼女の行くべき場所だったのだろう、たぶん。でもこの世界で、この不完全な生者の世界で、俺は直子に対して俺なりのベストを尽したんだよ。そして俺は直子と二人でなんとか新しい生き方をうちたてようと努力したんだよ。でもいいよ、キズキ。直子はお前にやるよ。直子はお前の方を選んだんだものな。彼女自身の心みたいに暗い森の奥で直子は首をくったんだ。なあキズキ、お前は昔俺の一部を死者の世界にひきずりこんでいった。そして今、直子が俺の一部を死者の世界にひきずりこんでいった。ときどき俺は自分が博物館の管理人になったような気がするよ。誰一人訪れるものもないがらんとした博物館でね、俺は俺自身のためにそこの管理をしているんだ。

＊

東京に戻って四日めにレイコさんからの手紙が届いた。封筒には速達切手が貼ってあった。手紙の内容は至極簡単なものだった。あなたとずっと連絡がとれなくてとても心配している。電話をかけてほしい。朝の九時と夜の九時にこの電話番号の前で待っている。僕は夜の九時にその番号をまわしてみた。すぐにレイコさんが出た。

「元気？」と彼女が訊いた。

「まずまずですね」と僕は言った。

「ねえ、あさってにでもあなたに会いに行っていいかしら？」

「会いに来るって、東京に来るんですか？」

「ええ、そうよ。あなたと二人で一度ゆっくりと話がしたいの」

「じゃあ、そこを出ちゃうんですか、レイコさんは？」

「出なきゃ会いに行けないでしょう」と彼女は言った。「そろそろ出てもいい頃よ。だってもう八年もいたんだもの。これ以上いたら腐っちゃうわよ」

僕はうまく言葉が出てこなくて少し黙っていた。

「あさっての新幹線で三時二十分に東京駅に着くから迎えに来てくれる？　私の顔はまだ覚えてる？　それとも直子が死んだら私になんて興味なくなっちゃったかしら？」

「まさか」と僕は言った。「あさっての三時二十分に東京駅に迎えに行きます」

「すぐにわかるわよ。ギター・ケース持った中年女なんてそんなにいないから」

たしかに僕は東京駅ですぐにレイコさんをみつけることができた。彼女は男もののツイードのジャケットに白いズボンをはいて赤い運動靴をはき、髪はあいかわらず短かくてところどころとびあがり、右手に茶色い革の旅行鞄を持ち、左手に黒いギター・ケースを下げていた。彼女は僕を見ると顔のしわをくしゃっと曲げて笑った。レイコさんの顔を見ると僕も自然に微笑んでしまった。僕は彼女の旅行鞄を持って中央線の乗り場まで並んで歩いた。

「ねえワタナベ君、いつからそんなひどい顔してるの？　それとも東京では最近そういうひどい顔がはやってるの？」

「しばらく旅行してたせいですよ。あまりロクなもの食べなかったから」と僕は言った。「新幹線はどうでした？」

「あれひどいわね。窓開かないんだもの。途中でお弁当買おうと思ってたのにひどい目にあっちゃった」

「中で何か売りにくるでしょう？」

「あのまずくて高いサンドイッチのこと？　あんなもの飢え死にしかけた馬だって残すわよ。私ね、御殿場で鯛めしを買って食べるのが好きだったの」

「そんなこと言ってると年寄り扱いされますよ」

「いいわよ、私年寄りだもの」とレイコさんは言った。

吉祥寺まで行く電車の中で、彼女は窓の外の武蔵野の風景を珍しそうにじっと眺めていた。

「八年もたつと風景も違っているものですか？」と僕は訊いた。

「ねえワタナベ君。私が今どんな気持かわかんないでしょう？」

「わかりませんね」

「怖くって怖くって気が狂いそうなのよ。どうしていいかわかんないのよ。一人でこんなところに放り出されて」とレイコさんは言った。「でも〈気が狂いそう〉って素敵な表現だと思わない？」

僕は笑って彼女の手を握った。「でも大丈夫ですよ。レイコさんはもう全然心配ないし、それに自分の力で出てきたんだもの」

「私があそこを出られたのは私の力のせいじゃないわよ」とレイコさんは言った。「私があそこを出られたのは、直子とあなたのおかげなのよ。私は直子のいないあの場所に残っていることに耐えられなかったし、東京にきてあなたと一度ゆっくり話しあう必要があったの。だからあそこを出てきちゃったのよ。もし何もなければ、私は一生あそこにいることになったんじゃないかしら」

僕は肯いた。

「これから先どうするんですか、レイコさんは?」

「旭川に行くのよ。ねえ旭川よ!」と彼女は言った。「音大のとき仲の良かった友だちが旭川で音楽教室やっててね、手伝わないかって二、三年前から誘われてたんだけど、寒いところ行くの嫌だからって断ってたの。だってそうでしょ、やっと自由の身になって、行き先が旭川じゃちょっと浮かばれないわよ。あそこなんだか作りそこねた落とし穴みたいなところじゃない?」

「そんなにひどくないですよ」僕は笑った。「一度行ったことあるけれど、悪くない町ですよ。ちょっと面白い雰囲気があってね」

「本当?」

「うん。東京にいるよりはいいですよ、きっと」

「まあ他に行くあてもないし、荷物ももう送っちゃったし」と彼女は言った。「ねえワタナベ君、いつか旭川に遊びに来てくれる?」

「もちろん行きますよ。でも今すぐ行っちゃうんですか? その前に少しは東京にいるんでしょう?」

「うん。二、三日できたらゆっくりしていきたいのよ。あなたのところに厄介になっていいかしら？　迷惑かけないから」

「全然かまいませんよ。僕は寝袋に入って押入れで寝ます」

「悪いわね」

「いいですよ。すごく広い押入れなんです」

レイコさんは脚のあいだにはさんだギター・ケースを指で軽く叩いてリズムをとっていた。「私たぶん体を馴らす必要があるのよ、旭川に行く前に。まだ外の世界に全然馴染んでないから。わからないこともいっぱいあるし、緊張もしてるし。そういうの少し助けてくれる？　私、あなたしか頼れる人いないから」

「僕で良ければいくらでも手伝いますよ」と僕は言った。

「私、あなたの邪魔をしてるんじゃないかしら？」

「僕のいったい何を邪魔しているんですか？」

レイコさんは僕の顔を見て、唇の端を曲げて笑った。そしてそれ以上何も言わなかった。


吉祥寺で電車を降り、バスに乗って僕の部屋に行くまで、我々はあまりたいした話はしなかった。東京の街の様子が変ってしまったことや、彼女の音大時代の話や、僕が旭川に行ったときのことなんかをぽつぽつと話しただけだった。直子に関る話は一切出なかった。僕がレイコさんに会うのは十ヵ月ぶりだったが、彼女と二人で歩いていると僕の心は不思議にやわらぎ、慰められた。そして以前にも同じような思いをしたことがあるなという気がした。考えてみれば直子と二人で東京の街を歩いていたとき、僕はこれとまったく同じ思いをしたのだ。かつて僕と直子がキズキという死者を共有していたように、今僕とレイコさんは直子という死者を共有しているのだ。そう思うと、僕は急に何もしゃべれなくなってしまった。レイコさんはしばらく一人で話していたが、僕が口をきかないことがわかると彼女も黙って、そのまま二人で無言のままバスに乗って僕の部屋まで行った。

秋のはじめの、ちょうど一年前に直子を京都に訪ねたときと同じようにくっきりと光の澄んだ午後だった。雲は骨のように白く細く、空はつき抜けるように高かった。また秋が来たんだな、と僕は思った。風の匂いや、光の色や、草むらに咲いた小さな花や、ちょっとした音の響き方が、僕にその到来を知らせていた。季節が巡ってくるごとに僕と死者たちの距離はどんどん離れていく。キズキは十七のままだし、直子は二十一のままなのだ。永遠に。

「こういうところに来るとホッとするわね」バスを降り、あたりを見まわしてレイコさんは言った。

「何もないところですからね」と僕は言った。

僕が裏口から庭に入って離れに案内するとレイコさんはいろんなものに感心してくれた。

「すごく良いところじゃない」と彼女は言った。「これみんなあなたが作ったの？　こういう棚やら机やら？」

「そうですよ」と僕は湯をわかしてお茶を入れながら言った。

「けっこう器用なのね、ワタナベ君。部屋もずいぶんきれいだし」

「突撃隊のおかげですね。彼が僕を清潔好きにしちゃったから。でもおかげで大家さんは喜んでますよ。きれいに使ってくれるって」

「あ、そうそう。大家さんに挨拶してくるわね」とレイコさんは言った。「大家さんお庭の向うに住んでるんでしょ？」

「挨拶？　挨拶なんてするんですか？」

「あたり前じゃない。あなたのところに変な中年女が転がりこんでギター弾いてたりしたら大家さんだって何かと思うでしょ？　こういうのは先にきちんとしといた方がいいの。そのために菓子折りだってちゃんと持ってきたんだから」

「ずいぶん気がきくんですねえ」と僕は感心して言った。

「年の功よ。あなたの母方の叔母で京都から来たってことにしとくから、ちゃんと話をあわせといてよ。でもアレね、こういう時、年が離れてると楽だわね。誰も変な風に疑わないから」

彼女が旅行鞄から菓子折りを出して行ってしまうと、僕は縁側に座ってもう一杯お茶を飲み、猫と遊んだ。レイコさんは二十分くらい戻ってこなかった。彼女は戻ってくると旅行鞄から煎餅の缶を出して僕へのおみやげだと言った。

「二十分もいったい何話してたんですか？」と僕は煎餅をかじりながら訊いてみた。

「そりゃもちろんあなたのことよ」と彼女は猫を抱きあげ頬ずりして言った。「きちんとしてるし、真面目な学生だって感心してたわよ」

「僕のことですか？」

「そうよ、もちろんあなたのことよ」とレイコさんは笑って言った。そして僕のギターをみつけて手にとり、少し調弦してからカルロス・ジョビンの「デサフィナード」を弾いた。彼女のギターを聴くのは久しぶりだったが、それは前と同じように僕の心をあたためてくれた。

「あなたギター練習してるの」

「納屋に転がってたのを借りてきて少し弾いてるだけです」

「じゃ、あとで無料レッスンしてあげるわね」とレイコさんは言ってギターを置き、ツイードの上着を脱いで縁側の柱にもたれ、煙草を吸った。彼女は上着の下にマドラス・チェックの半袖のシャツを着ていた。

「ねえ、これ素敵なシャツでしょう？」とレイコさんが言った。

「そうですね」と僕も同意した。たしかにとても洒落た柄のシャツだった。

「これ、直子のなのよ」とレイコさんは言った。「知ってる？　直子と私って洋服のサイズ殆んど一緒だったのよ。とくにあそこに入った頃はね。そのあとであの子少し肉がついちゃってサイズが変ったけれど、それでもだいたい同じって言ってもいいくらいだったのよ。シャツもズボンも靴も帽子も。ブラジャーくらいじゃないかしら、サイズが違うのは。私なんかおっぱいないも同然だから。だから私たちいつも洋服とりかえっこしてたのよ。というか殆んど二人で共有してたようなものね」

僕はあらためてレイコさんの体を見てみた。そう言われてみればたしかに彼女の背格好は直子と同じくらいだった。顔のかたちやひょろりと細い手首なんかのせいで、レイコさんの方が直子よりやせていて小柄だという印象があったのだが、よく見てみると体つきは意外にがっしりとしているようでもあった。

「このズボンも上着もそうよ。全部直子の。あなたは私が直子のものを身につけてるの見るの嫌?」

「そんなことないですよ。直子だって誰かに着てもらっている方が嬉しいと思いますね。とくにレイコさんに」

「不思議なのよ」とレイコさんは言って小さな音で指を鳴らした。「直子は誰にあてても遺書を書かなかったんだけど、洋服のことだけはちゃんと書き残していったのよ。メモ用紙に一行だけ走り書きして、それが机の上に置いてあったの。『洋服は全部レイコさんにあげて下さい』って。変な子だと思わない? 自分がこれから死のうと思ってるときにどうして洋服のことなんか考えるのかしらね。そんなのどうだっていいじゃない。もっと他に言いたいことは山ほどあったはずなのに」

「何もなかったのかもしれませんよ」

レイコさんは煙草をふかしながらしばらく物思いに耽っていた。「ねえ、あなた、最初からひとつひとつ話を聞きたいでしょう?」

「話して下さい」と僕は言った。

「病院での検査の結果がわかって、直子の病状は一応今のところ回復しているけれど今のうちに根本的に集中治療しておいた方があとあとのために良いだろうってことになって、直子はもう少し長期的にその大阪の病院に移ることになったの。そこまではたしか手紙に書いたわよね。たしか八月の十日前後に出したと思ったけど」

「その手紙は読みました」

「八月二十四日に直子のお母さんから電話がかかってきて、直子が一度そちらに行きたいと言っているのだが構わないだろうかと言うの。自分で荷物も整理したいし、私とも当分会えないから一度ゆっくり話もしたいし、できたら一泊くらいできないかっていうことなの。私の方は全然かまいませんよって言ったの。私も直子にはすごく会いたかったし、話したかったし。それで翌日の二十五日に彼女はお母さんと二人でタクシーに乗ってやってきたの。そして私たち三人で荷物の整理をしたわけ。いろいろと世間話をしながら。夕方近くになると直子はお母さんにもう帰っていいわよ、あと大丈夫だからって言って、それでお母さんはタクシーを呼んでもらって帰っていったの。直子はすごく元気そうだったし、私もお母さんもそのときは全然気にもしなかったのよ。本当はそれまで私すごく心配してたのよ。彼女すごく落ちこんでがっくりしてやつれてるんじゃないかなって。だってああいう病院の検査とか治療ってずいぶん消耗するものだってことを私はよく知ってるからね、それで大丈夫かなあって心配してたわけ。でも私ひと目見て、ああこれならいいやって思ったの。顔つきも思ったより健康そうだったし、にこにこして冗談なんかも言ってたし、しゃべり方も前よりずっとまともになってたし、美容院に行ったんだって新しい髪型を自慢してたし、まあこれならお母さんがいなくて私と二人でも心配ないだろうって思ったわけ。ねえレイコさん、私この際だから病院できちんと全部なおしちゃおうと思うのっていうから、そうね、それがいいかもしれないわねと私も言ったの。それで私たち外を二人で散歩していろんなお話をしたの。これからどうするだの、そんないろんな話ね。彼女こんなことも言ったわ。二人でここを出られて、一緒に暮すことができたらいいでしょうねって」

「レイコさんと二人でですか？」

「そうよ」とレイコさんは言って肩を小さくすぼめた。「それで私言ったのよ。私はべつにかまわないけど、ワタナベ君のことはいいのって。すると彼女こう言ったの、『あの人のことは私きちんとするから』って。それだけ。そして私と二人でどこに住もうだの、どんなことしようだのといったようなこと話したの。それから鳥小屋に行って鳥と遊んで」

僕は冷蔵庫からビールを出して飲んだ。レイコさんはまた煙草に火をつけ、猫は彼女の膝の上でぐっすりと眠りこんでいた。

「あの子もう始めから全部しっかりと決めていたのよ。だからきっとあんなに元気でにこにこして健康そうだったのね。きっと決めちゃって、気が楽になってたのよね。それから部屋の中のいろんなものを整理して、いらないものを庭のドラム缶に入れて焼いたの。日記がわりにしていたノートだとか手紙だとか、そういうのみんな。あなたの手紙もよ。それで私変だなと思ってどうして焼いちゃうのよって訊いたの。だってあの子、あなたの手紙はそれまでずっと、とても大事に保管してよく読みかえしてたんだもの。そしたら『これまでのものは全部処分して、これから新しく生まれ変るの』って言うから、私はふうん、そういうものかなってわりに単純に納得しちゃったの。まあ筋はとおってるじゃない、それなりに。そしてこの子も元気になって幸せになれるといいのにな、と思ったの。だってその日の直子は本当に可愛いかったのよ。あなたに見せたいくらい。

それから私たちいつものように食堂で夕ごはん食べて、お風呂入って、それからとっておきの上等のワインあけて二人で飲んで、私がギターを弾いたの。例によってビートルズ。『ノルウェイの森』とか『ミシェル』とか、あの子の好きなやつ。そして私たちけっこう気持良くなって、電気消して、適当に服脱いで、ベッドに寝転んでたの。すごく暑い夜でね、窓を開けてても風なんて殆んど入ってきやしないの。外はもう墨で塗りつぶされたみたいにまっ暗でね、虫の音がやたら大きく聞えてたわ。部屋の中までムッとする夏草の匂いでいっぱいで。それから急にあなたの話を直子が始めたの。あなたとのセックスの話よ。それもものすごくくわしく話すの。どんな風に服を脱がされて、どんな風に体を触られて、自分がどんな風に濡れて、どんな風に入れられて、それがどれくらい素敵だったかっていうようなことをまあ実に克明に私にしゃべるわけ。それで私、ねえ、どうして今になってそんな話するのよ、急にって訊いたの。だってそれまであの子、セックスのことってそんなにあからさまに話さなかったんですもの。もちろん私たちある種の療法みたいなことでセックスのこと正直に話すわよ。でもあの子はくわしいことは絶対に言わなかったの、恥かしがって。それを急にべらべらしゃべり出すんだもの私だって驚くわよ、そりゃ。

『ただなんとなく話したくなったの』って直子は言ったわ。『べつにレイコさんが聞きたくないならもう話さないけど』

『いいわよ、話したいことあるんなら洗いざらい話しちゃいなさいよ。聞いてあげるから』って私は言ったの。

『彼のが入ってきたとき、私痛くて痛くてもうどうしていいかよくわかんないくらいだったの』って直子が言ったわ。『私初めてだったし。濡れてたからするっと入ったことは入ったんだけど、とにかく痛いのよ。頭がぼおっとしちゃうくらい。彼はずっと奥の方まで入れてもうこれくらいかなと思ったところで私の脚を少し上げさせて、もっと奥まで入れちゃったの。するとね、体中がひやっと冷たくなったの。まるで氷水につけられたみたいに。手と脚がじんとしびれて寒気がするの。いったいどうなるんだろう、私このまま死んじゃうのかしら、それならそれでまあかまわないやって思ったわ。でも彼は私が痛がっていることを知って、奥の方に入れたままもうそれ以上動かさないで、私の体をやさしく抱いて髪とか首とか胸とかにずっとキスしてくれたの、長いあいだ。するとね、だんだん体にあたたかみが戻ってきたの。そして彼がゆっくりと動かし始めて……ねえ、レイコさん、それが本当に素晴しいのよ。頭の中がとろけちゃいそうなくらい。このまま、この人に抱かれたまま、一生これやってたいと思ったくらいよ。本当にそう思ったのよ』

『そんなに良かったんならワタナベ君と一緒になって毎日やってればよかったんじゃないの？』って私言ったの。

『でも駄目なのよ、レイコさん』って直子は言ったわ。『私にはそれがわかるの。それはやって来て、もう去っていってしまったものなの。それは二度と戻ってこないのよ。何かの加減で一生に一度だけ起ったことなの。そのあとも前も、私何も感じないのよ。やりたいと思ったこともないし、濡れたこともないのよ』

もちろん私はちゃんと説明したわよ、そういうのは若い女性には起りがちなことで、年を取れば自然になおっていくのが殆んどなんだって。それに一度はうまく行ったんだもののよって。

心配することないわよ。私だって結婚した当初はいろいろとうまくいかないで大変だったのよって。

『そうじゃないの』と直子は言ったわ。『私何も心配してないのよ、レイコさん。私はただもう誰にも私の中に入ってほしくないだけなの。もう誰にも乱されたくないだけなの』」

僕はビールを飲んでしまい、レイコさんは二本目の煙草を吸ってしまった。猫がレイコさんの膝の上でのびをし、姿勢をかえてからまた眠ってしまった。レイコさんは少し迷っていたが三本目をくわえて火をつけた。

「それから直子はしくしく泣き出したの」とレイコさんは言った。「私は彼女のベッドに腰かけて頭撫でて、大丈夫よ、何もかもうまく行くからって言ったの。あなたみたいに若くてきれいな女の子は男の人に抱かれて幸せになんなきゃいけないわよって。暑い夜で直子は汗やら涙やらでぐしょぐしょに濡れてたんで、私バスタオル持ってきて、あの子の顔やら体やらを拭いてあげたの。パンツまでぐっしょりだったから、あなたちょっと脱いじゃいなさいよって脱がせて……ねえ、変なんじゃないのよ。だって私たちずっと一緒にお風呂だって入ってるし、あの子は妹みたいなものだし」

「わかってますよ、それは」と僕は言った。

「抱いてほしいって直子は言ったの。こんな暑いのに抱けやしないわよって言ったんだけど、これでもう最後だからって言うんで抱いたの。体をバスタオルでくるんで、汗がくっつかないようにして、しばらく。そして落ちついてきたらまた汗を拭いて、寝巻を着せて、寝かしつけたの。すぐにぐっすり寝ちゃったわ。あるいは寝たふりしたのかもしれないけど。でもまあどっちにしても、すごく可愛い顔してたわよ。なんだか生まれてこのかた一度も傷ついたことのない十三か十四の女の子みたいな顔してね。それを見てから私も眠ったの、安心して。

六時に目を覚ましたとき彼女はもういなかったの。寝巻が脱ぎ捨ててあって、服と運動靴と、それからいつも枕もとに置いてある懐中電灯がなくなってたの。まずいなって私そのとき思ったわよ。だってそうでしょ、懐中電灯持って出ていったってことは暗いうちにここを出ていったっていうことですものね。そして念のために机の上なんかを見てみたら、そのメモ用紙があったのよ。『洋服は全部レイコさんにあげて下さい』って。それで私すぐみんなのところに行って手わけして直子を探してって言ったの。そして全員で寮の中からまわりの林までしらみつぶしに探したの。探しあてるのに五時間かかったわよ。あの子、自分でちゃんとロープまで用意してもってきていたのよ」

レイコさんはため息をついて、猫の頭を撫でた。

「お茶飲みますか？」と僕は訊いてみた。

「ありがとう」と彼女は言った。

僕は湯を沸かしてお茶を入れ、縁側に戻った。もう夕暮に近く、日の光はずいぶん弱くなり、木々の影が長く我々の足もとにまでのびていた。僕はお茶を飲みながら、山吹やらつつじやら南天やらを思いつきで出鱈目に散らばしたような奇妙に雑然とした庭を眺めていた。

「それからしばらくして救急車が来て直子をつれていって、私は警官にいろいろと事情を訊かれたの。訊くったってたいしたこと訊かないわよ。一応遺書らしき書き置きはあるし、自殺だってことははっきりしてるし、それにあの人たち、精神病の患者なんだから自殺くらいするだろうって思ってるのよ。だからひととおり形式的に訊くだけなの。警察が帰ってしまうと私すぐに電報打ったの、あなたに」

「淋しい葬式でしたね」と僕は言った。「すごくひっそりとして、人も少なくて。家の人は僕が直子の死んだことをどうして知ったのかって、そればかり気にしていて。きっとまわりの人に自殺だってわかるのが嫌だったんですね。本当はお葬式なんて行くべきじゃなかったんですよ。僕はそれですごくひどい気分になっちゃって、すぐ旅行に出ちゃったんです」

「ねえワタナベ君、散歩しない？」とレイコさんが言った。「晩ごはんの買物にでも行きましょうよ。私おなか減ってきちゃったわ」

「いいですよ、何か食べたいものありますか？」

「すき焼」と彼女は言った。「だって私、鍋ものなんて何年も何年も食べてないんだもの。すき焼なんて夢にまで見ちゃったわよ。肉とネギと糸こんにゃくと焼豆腐と春菊が入って、ぐつぐつと――」

「それはいいんですけどね、すき焼鍋ってものがないんですよ、うちには」

「大丈夫よ、私にまかせなさい。大家さんのところで借りてくるから」

彼女はさっさと母屋の方に行って、立派なすき焼鍋とガスこんろと長いゴム・ホースを借りてきた。

「どう？　たいしたもんでしょう」

「まったく」と僕は感心して言った。

我々は近所の小さな商店街で牛肉や玉子や野菜や豆腐を買い揃え、酒屋で比較的まともそうな白ワインを買った。僕は自分で払うと主張したが、彼女が結局全部払った。

「甥に食料品の勘定払わせたなんてわかったら、私は親戚中の笑いものだわよ」とレイコさんは言った。「それに私けっこうちゃんとお金持ってるのよ。だから心配しないでいいの。いくらなんでも無一文で出てきたりはしないわよ」

家に帰るとレイコさんは米を洗って炊き、僕はゴム・ホースをひっぱって縁側ですき焼を食べる準備をした。準備が終るとレイコさんはギター・ケースから自分のギターをとりだし、もう薄暗くなった縁側に座って、楽器の具合をたしかめるようにゆっくりとバッハのフーガを弾いた。細かいところをわざとゆっくりと弾いたり、速く弾いたり、ぶっきら棒に弾いたり、センチメンタルに弾いたりして、そんないろんな音にいかにも愛しそうに耳を澄ませていた。ギターを弾いているときのレイコさんは、まるで気に入ったドレスを眺めている十七か十八の女の子みたいに見えた。目がきらきらとして、口もとがきゅっとひきしまったり、微かなほほえみの影をふと浮かべたりした。曲を弾き終えると、彼女は柱にもたれて空を眺め、何か考えごとをしていた。

「話しかけていいですか?」と僕は訊いた。

「いいわよ。おなかすいたなあって思ってただけだから」とレイコさんは言った。

「レイコさんは御主人や娘さんに会いに行かないんですか? 東京にいるんでしょ?」

「横浜。でも行かないわよ、前にも言ったでしょ? あの人たち、もう私とは関りあわない方がいいのよ。あの人たちにはあの人たちの新しい生活があるし、私は会えば会ったで辛くなるし。会わないのがいちばんよ」

彼女は空になったセブンスターの箱を丸めて捨て、鞄の中から新しい箱をとりだし、封を切って一本くわえた。しかし火はつけなかった。

「私はもう終ってしまった人間なのよ。あなたの目の前にいるのはかつての私自身の残存記憶にすぎないのよ。私自身の中にあったいちばん大事なものはもうとっくの昔に死んでしまっていて、私はただその記憶に従って行動しているにすぎないのよ」

「でも僕は今のレイコさんがとても好きですよ。残存記憶であろうが何であろうがね。それにこんなことどうでもいいことかもしれないけれど、レイコさんが直子の服を着てくれていることは僕としてはとても嬉しいですね」

レイコさんはにっこり笑って、ライターで煙草に火をつけた。「あなた年のわりに女の人の喜ばせ方よく知ってるのね」

僕は少し赤くなった。「僕はただ思っていること正直に言ってるだけですよ」

「わかってるわよ」とレイコさんは笑って言った。

そのうちにごはんが炊きあがったので、僕は鍋に油をしいてすき焼の用意を始めた。

「これ、夢じゃないわよね？」とレイコさんはくんくんと匂いをかぎながら言った。

「百パーセントの現実のすき焼ですね。経験的に言って」と僕は言った。

我々はどちらかというとろくに話もせず、ただ黙々とすき焼をつつき、ビールを飲み、そしてごはんを食べた。かもめが匂いをかぎつけてやってきたので肉をわけてやった。腹いっぱいになると、僕らは二人で縁側の柱にもたれ、月を眺めた。

「満足しましたか、これで?」と僕は訊いた。

「とても。申しぶんなく」とレイコさんは苦しそうに答えた。「私こんなに食べたのはじめてよ」

「これからどうします?」

「一服したあとでお風呂屋さんに行きたいわね。髪がぐしゃぐしゃなんで洗いたいのよ」

「いいですよ、すぐ近くにありますから」と僕は言った。

「ところでワタナベ君、もしよかったら教えてほしいんだけど、その緑さんっていう女の子ともう寝たの?」とレイコさんが訊いた。

「セックスしたかっていうことですか? してませんよ。いろんなことがきちんとするまではやらないって決めたんです」

「もうこれできちんとしたんじゃないかしら」

僕はよくわからないというように首を振った。「直子が死んじゃったから物事は落ちつくべきところに落ちついちゃったってこと?」

「そうじゃないわよ。だってあなた直子が死ぬ前からもうちゃんと決めてたじゃない、その緑さんという人とは離れるわけにはいかないんだって。直子が生きてようが、死んでようがそんなの関係ないじゃない。あなたは緑さんを選び、直子は死ぬことを選んだのよ。あなたもう大人なんだから、自分の選んだものにはきちんと責任を持たなくちゃ。そうしないと何もかも駄目になっちゃうわよ」

「でも忘れられないんですよ」と僕は言った。「僕は直子にずっと君を待っているって言ったんですよ。でも僕は待てなかった。結局最後の最後で彼女を放り出しちゃった。これは誰のせいだとか誰のせいじゃないとかいう問題じゃないんです。僕自身の問題なんです。たぶん僕が途中で放り出さなくても結果は同じだったと思います。直子はやはり死を選んでいただろうと思います。でもそれとは関係なく、僕は自分自身に許しがたいものを感じるんです。レイコさんはそれが自然な心の動きであれば仕方ないって言うけれど、僕と直子の関係はそれほど単純なものではなかったんです。考えてみれば我々は最初から生死の境い目で結びつきあってたんです」

「あなたがもし直子の死に対して何か痛みのようなものを感じるのなら、あなたはその痛みを残りの人生をとおしてずっと感じつづけなさい。そしてもし学べるものなら、そこから何かを学びなさい。でもそれとは別に緑さんと二人で幸せになりなさい。あなたの痛みは緑さんとは関係ないものなのよ。これ以上彼女を傷つけたりしたら、もうとりかえしのつかないことになるわよ。だから辛いだろうけれど強くなりなさい。もっと成長して大人になりなさい。私はあなたにそれを言うために寮を出てわざわざここまで来たのよ。はるばるあんな棺桶みたいな電車に乗って」

「レイコさんの言ってることはよくわかりますよ」と僕は言った。「でも僕にはまだその準備ができてないんですよ。ねえ、あれは本当に淋しいお葬式だったんだ。人はあんな風に死ぬべきじゃないですよ」

レイコさんは手をのばして僕の頭を撫でた。「私たちみんないつかそんな風に死ぬのよ。私もあなたも」

*

僕らは川べりの道を五分ほど歩いて風呂屋に行き、少しさっぱりとした気分で家に戻ってきた。そしてワインの栓を抜き、縁側に座って飲んだ。

「ワタナベ君、グラスもう一個持ってきてくれない？」

「いいですよ。でも何するんですか？」

「これから二人で直子のお葬式するのよ」とレイコさんは言った。「淋しくないやつを」

僕がグラスを持ってくると、レイコさんはそれになみなみとワインを注ぎ、庭の灯籠の上に置いた。そして縁側に座り、柱にもたれてギターを抱え、煙草を吸った。

「それからマッチがあったら持って来てくれる？　なるべく大きいのがいいわね」

僕は台所から徳用マッチを持ってきて、彼女のとなりに座った。

「そして私が一曲弾いたら、マッチ棒をそこに並べてってくれる？　私いまから弾けるだけ弾くから」

彼女はまずヘンリー・マンシーニの「ディア・ハート」をとても綺麗に静かに弾いた。

「このレコードあなたが直子にプレゼントしたんでしょ？」

「そうです。一昨年《おととし》のクリスマスにね。あの子はこの曲がとても好きだったから」

「私も好きよ、これ。とても優しくて美しくて」彼女は「ディア・ハート」のメロディーをもう一度何小節か軽く弾いてからワインをすすった。「さて酔払っちゃう前に何曲弾けるかな。ねえ、こういうお葬式だと淋しくなくていいでしょう？」

レイコさんはビートルズに移り、「ノルウェイの森」を弾き、「イエスタデイ」を弾き、「ミシェル」を弾き、「サムシング」を弾き、「ヒア・カムズ・ザ・サン」を唄いながら弾き、「フール・オン・ザ・ヒル」を弾いた。僕はマッチ棒を七本並べた。

「七曲」とレイコさんは言ってワインをすすり、煙草をふかした。「この人たちはたしかに人生の哀しみとか優しさとかいうものをよく知っているわね」

この人たちというのはもちろんジョン・レノンとポール・マッカートニー、それにジョージ・ハリソンのことだった。

彼女は一息ついて煙草を消してからまたギターをとって「ペニー・レイン」を弾き、「ブラック・バード」を弾き、「ジュリア」を弾き、「六十四になったら」を弾き、「ノーホエア・マン」を弾き、「アンド・アイ・ラブ・ハー」を弾き、「ヘイ・ジュード」を弾いた。

「これで何曲になった？」

「十四曲」と僕は言った。

「ふう」と彼女はため息をついた。「あなた一曲くらい何か弾けないの？」

「下手ですよ」

「下手でいいのよ」

僕は自分のギターを持ってきて「アップ・オン・ザ・ルーフ」をたどたどしくではあるけれど弾いた。レイコさんはそのあいだ一服してゆっくり煙草を吸い、ワインをすっていた。僕が弾き終ると彼女はぱちぱちぱちと拍手をした。

それからレイコさんはギター用に編曲されたラヴェルの「死せる王女のためのパヴァーヌ」とドビッシーの「月の光」を丁寧に綺麗に弾いた。「この二曲は直子が死んだあとでマスターしたのよ」とレイコさんは言った。「あの子の音楽の好みは最後までセンチメンタリズムという地平をはなれなかったわね」

そして彼女はバカラックを何曲か演奏した。「クロース・トゥ・ユー」「雨に濡れても」「ウォーク・オン・バイ」「ウェディングベル・ブルーズ」。

「二十曲」と僕は言った。

「私ってまるで人間ジューク・ボックスみたいだわ」とレイコさんは楽しそうに言った。「音大のときの先生がこんなの見たらひっくりかえっちゃうわよねえ」

彼女はワインをすすり、煙草をふかしながら次から次へと知っている曲を弾いていった。ボサノヴァを十曲近く弾き、ロジャース＝ハートやガーシュインの曲を弾き、ボブ・ディランやらレイ・チャールズやらキャロル・キングやらビーチボーイズやらスティービー・ワンダーやら「上を向いて歩こう」やら「ブルー・ベルベット」やら「グリーン・フィールズ」やら、もうとにかくありとあらゆる曲を弾いた。ときどき目を閉じたり軽く首を振ったり、メロディーにあわせてハミングしたりした。

ワインがなくなると、我々はウィスキーを飲んだ。僕は庭のグラスの中のワインを灯籠の上からかけ、そのあとにウィスキーを注いだ。

「今これで何曲かしら？」

「四十八」と僕は言った。

レイコさんは四十九曲目に「エリナ・リグビー」を弾き、五十曲めにもう一度「ノルウェイの森」を弾いた。五十曲弾いてしまうとレイコさんは手を休め、ウィスキーを飲んだ。「これくらいやれば十分じゃないかしら？」

「十分です」と僕は言った。「たいしたもんです」

「いい、ワタナベ君、もう淋しいお葬式のことはきれいさっぱり忘れなさい」とレイコさんは僕の目をじっと見て言った。「このお葬式のことだけを覚えていなさい。素敵だったでしょ？」

僕は肯いた。

「おまけ」とレイコさんは言った。そして五十一曲めにいつものバッハのフーガを弾いた。

「ねえ、ワタナベ君、私とあれやろうよ」と弾き終ったあとでレイコさんが小さな声で言った。

「不思議ですね」と僕は言った。「僕も同じこと考えてたんです」

カーテンを閉めた暗い部屋の中で僕とレイコさんは本当にあたり前のことのように抱きあい、お互いの体を求めあった。僕は彼女のシャツを脱がせ、ズボンを脱がせ、下着をとった。

「ねえ、私けっこう不思議な人生送ってきたけど、十九歳年下の男の子にパンツ脱がされることになるとは思いもしなかったわね」とレイコさんは言った。

「じゃあ自分で脱ぎますか？」と僕は言った。

「いいわよ、脱がせて」と彼女は言った。「でも私しわだらけだからがっかりしないでよ」

「僕、レイコさんのしわ好きですよ」

「泣けるわね」とレイコさんは小さな声で言った。

僕は彼女のいろんな部分に唇をつけ、しわがあるとそこを舌でなぞった。そして少女のような薄い乳房に手をあて、乳首をやわらかく噛み、あたたかく湿ったヴァギナに指をあててゆっくりと動かした。

「ねえ、ワタナベ君」とレイコさんが僕の耳もとで言った。「そこ違うわよ。それただのしわよ」

「こういうときにも冗談しか言えないんですか？」と僕はあきれて言った。

「ごめんなさい」とレイコさんは言った。「怖いのよ、私。もうずっとこれやってないから。なんだか十七の女の子が男の子の下宿に遊びに行ったら裸にされちゃったみたいな気分よ」

「ほんとうに十七の女の子を犯してるみたいな気分ですよ」

僕はそのしわの中に指を入れ、首筋から耳にかけて口づけし、乳首をつまんだ。そして彼女の息づかいが激しくなって喉が小さく震えはじめると僕はそのほっそりとした脚を広げてゆっくりと中に入った。

「ねえ、大丈夫よね、妊娠しないようにしてくれるわよね？」とレイコさんは小さな声で僕に訊いた。「この年で妊娠すると恥かしいから」

「大丈夫ですよ。安心して」と僕は言った。

ペニスを奥まで入れると、彼女は体を震わせてため息をついた。僕は彼女の背中をやさしくさするように撫でながらペニスを何度か動かして、そして何の予兆もなく突然射精した。それは押しとどめようのない激しい射精だった。僕は彼女にしがみついたまま、そのあたたかみの中に何度も精液を注いだ。

「すみません。我慢できなかったんです」と僕は言った。

「馬鹿ねえ、そんなこと考えなくてもいいの」とレイコさんは僕のお尻を叩きながら言った。「いつもそんなこと考えながら女の子とやってるの？」

「まあ、そうですね」

「私とやるときはそんなこと考えなくていいのよ。忘れなさい。好きなときに好きなだけ出しなさいね。どう、気持良かった？」

「すごく。だから我慢できなかったんです」

「我慢なんかすることないのよ。それでいいのよ。私もすごく良かったわよ」

「ねえ、レイコさん」と僕は言った。

「なあに？」

「あなたは誰かとまた恋をするべきですよ。こんなに素晴しいのにもったいないという気がしますね」

「そうねえ、考えておくわ、それ」とレイコさんは言った。「でも人は旭川で恋なんてするものなのかしら？」

　僕は少しあとでもう一度固くなったペニスを彼女の中に入れた。レイコさんは僕の下で息を呑みこんで体をよじらせた。僕は彼女を抱いて静かにペニスを動かしながら、二人でいろんな話をした。彼女の中に入ったまま話をするのはとても素敵だった。僕が冗談を言って彼女がくすくす笑うと、その震動がペニスにつたわってきた。僕らは長いあいだずっとそのまま抱きあっていた。

「こうしてるのってすごく気持良い」とレイコさんは言った。

「動かすのも悪くないですよ」と僕は言った。

「ちょっとやってみて、それ」

僕は彼女の腰を抱きあげてずっと奥まで入ってから体をまわすようにしてその感触を味わい、味わい尽したところで射精した。

結局その夜我々は四回交った。四回の性交のあとで、レイコさんは僕の腕の中で目を閉じて深いため息をつき、体を何度か小さく震わせていた。

「私もう一生これやんなくていいわよね?」とレイコさんは言った。「ねえ、そう言ってよ、お願い。残りの人生のぶんはもう全部やっちゃったから安心しなさいって」

「誰にそんなことわかるんですか?」と僕は言った。

*

僕は飛行機で行った方が速いし楽ですよと勧めたのだが、レイコさんは汽車で行くと主張した。

「私、青函連絡船って好きなのよ。空なんか飛びたくないわよ」と彼女は言った。それで僕は彼女を上野駅まで送った。彼女はギター・ケースを持ち、僕は旅行鞄を持ち、二人でプラットフォームのベンチに並んで座って列車が来るのを待っていた。彼女は東京に来たときと同じツイードのジャケットを着て、白いズボンをはいていた。

「旭川って本当にそれほど悪くないと思う？」とレイコさんが訊いた。

「良い町です」と僕は言った。「そのうちに訪ねていきます」

「本当？」

僕は肯いた。「手紙書きます」

「あなたの手紙好きよ。直子は全部焼いちゃったけれど。あんないい手紙だったのにね」

「手紙なんてただの紙です」と僕は言った。「燃やしちゃっても心に残るものは残るし、とっておいても残らないものは残らないんです」

「正直言って私、すごく怖いのよ。一人ぼっちで旭川に行くのが。だから手紙書いてね。あなたの手紙を読むといつもあなたがとなりにいるような気がするの」

「僕の手紙でよければいくらでも書きます。でも大丈夫です。レイコさんならどこにいてもきっとうまくやれますよ」

「それから私の体の中で何かがまだつっかえているような気がするんだけれど、これは錯覚かしら？」

「残存記憶です、それは」と僕は言って笑った。レイコさんも笑った。

「私のこと忘れないでね」と彼女は言った。

「忘れませんよ、ずっと」と僕は言った。

「あなたと会うことは二度とないかもしれないけれど、私どこに行ってもあなたと直子のことをいつまでも覚えているわよ」

僕はレイコさんの目を見た。彼女は泣いていた。僕は思わず彼女に口づけした。まわりを通りすぎる人たちは僕たちのことをじろじろと見ていたけれど、僕にはもうそんなことは気にならなかった。我々は生きていたし、生きつづけることだけを考えなくてはならなかったのだ。

「幸せになりなさい」と別れ際にレイコさんは僕に言った。「私、あなたに忠告できることは全部忠告しちゃったから、これ以上もう何も言えないのよ。幸せになりなさいとしか。私のぶんと直子のぶんをあわせたくらい幸せになりなさい、としかね」

我々は握手をして別れた。

＊

僕は緑に電話をかけ、君とどうしても話がしたいんだ。話すことがいっぱいある。話さなくちゃいけないことがいっぱいある。世界中に君以外に求めるものは何もない。君と会って話したい。何もかもを君と二人で最初から始めたい、と言った。

緑は長いあいだ電話の向うで黙っていた。まるで世界中の細かい雨が世界中の芝生に降っているようなそんな沈黙がつづいた。僕はそのあいだガラス窓にずっと額を押しつけて目を閉じていた。それからやがて緑が口を開いた。「あなた、今どこにいるの？」と彼女は静かな声で言った。

僕は今どこにいるのだ？

僕は受話器を持ったまま顔を上げ、電話ボックスのまわりをぐるりと見まわしてみた。僕は今どこにいるのだ？　でもそこがどこなのか僕にはわからなかった。見当もつかなかった。いったいここはどこなんだ？　僕の目にうつるのはいずこへともなく歩きすぎていく無数の人々の姿だけだった。僕はどこでもない場所のまん中から緑を呼びつづけていた。

『ノルウェイの森』一九八七年　講談社刊

ノルウェイの森《もり》（下）

村上春樹《むらかみはるき》

2004年９月15日第１刷発行
2010年10月１日第35刷発行

発行者――鈴木　哲

発行所――株式会社　講談社

東京都文京区音羽2-12-21　〒112-8001

電話　出版部（03）5395-3510
　　　販売部（03）5395-5817
　　　業務部（03）5395-3615

Printed in Japan

落丁本・乱丁本は購入書店名を明記のうえ、小社業務部あてにお送りください。送料は小社負担にてお取替えします。なお、この本の内容についてのお問い合わせは文庫出版部あてにお願いいたします。

ISBN4-06-274869-X

講談社文庫

定価はカバーに
表示してあります

デザイン―菊地信義

製版――豊国印刷株式会社

印刷――株式会社廣済堂

製本――株式会社若林製本工場

講談社文庫刊行の辞

二十一世紀の到来を目睫に望みながら、われわれはいま、人類史上かつて例を見ない巨大な転換期をむかえようとしている。

世界も、日本も、激動の予兆に対する期待とおののきを内に蔵して、未知の時代に歩み入ろうとしている。このときにあたり、創業の人野間清治の「ナショナル・エデュケイター」への志を現代に甦らせようと意図して、われわれはここに古今の文芸作品はいうまでもなく、ひろく人文・社会・自然の諸科学から東西の名著を網羅する、新しい綜合文庫の発刊を決意した。

激動の転換期はまた断絶の時代である。われわれは戦後二十五年間の出版文化のありかたへの深い反省をこめて、この断絶の時代にあえて人間的な持続を求めようとする。いたずらに浮薄な商業主義のあだ花を追い求めることなく、長期にわたって良書に生命をあたえようとつとめるところにしか、今後の出版文化の真の繁栄はあり得ないと信じるからである。

同時にわれわれはこの綜合文庫の刊行を通じて、人文・社会・自然の諸科学が、結局人間の学にほかならないことを立証しようと願っている。かつて知識とは、「汝自身を知る」ことにつきていた。現代社会の瑣末な情報の氾濫のなかから、力強い知識の源泉を掘り起し、技術文明のただなかに、生きた人間の姿を復活させること。それこそわれわれの切なる希求である。

われわれは権威に盲従せず、俗流に媚びることなく、渾然一体となって日本の「草の根」をかたちづくる若く新しい世代の人々に、心をこめてこの新しい綜合文庫をおくり届けたい。それは知識の泉であるとともに感受性のふるさとであり、もっとも有機的に組織され、社会に開かれた万人のための大学をめざしている。大方の支援と協力を衷心より切望してやまない。

一九七一年七月

野間省一